「わたしは王国のためなんかじゃなく、
みんなの笑顔を少しでも多く守るために、
剣を振るう。知恵を絞る。
……それが今のわたしが戦う理由」
オリビア・
ヴァレッドストーム
Olivia Valedstorm

リーゼ・
プロイセ
Lise Prussie
ブラッド・
エンフィールド
Blood Enfield
――それぞれの戦場 決戦を見据えて

ラーラ・ミラ・
クリスタル
Lara Mira Crystal
ヨハン・
ストライダー
Johann Strider
ローゼンマリー・
フォン・
ベルリエッタ
Rosenmarie Von Berlietta

フェリックス・
フォン・ズィーガー
Felix Von Sieger

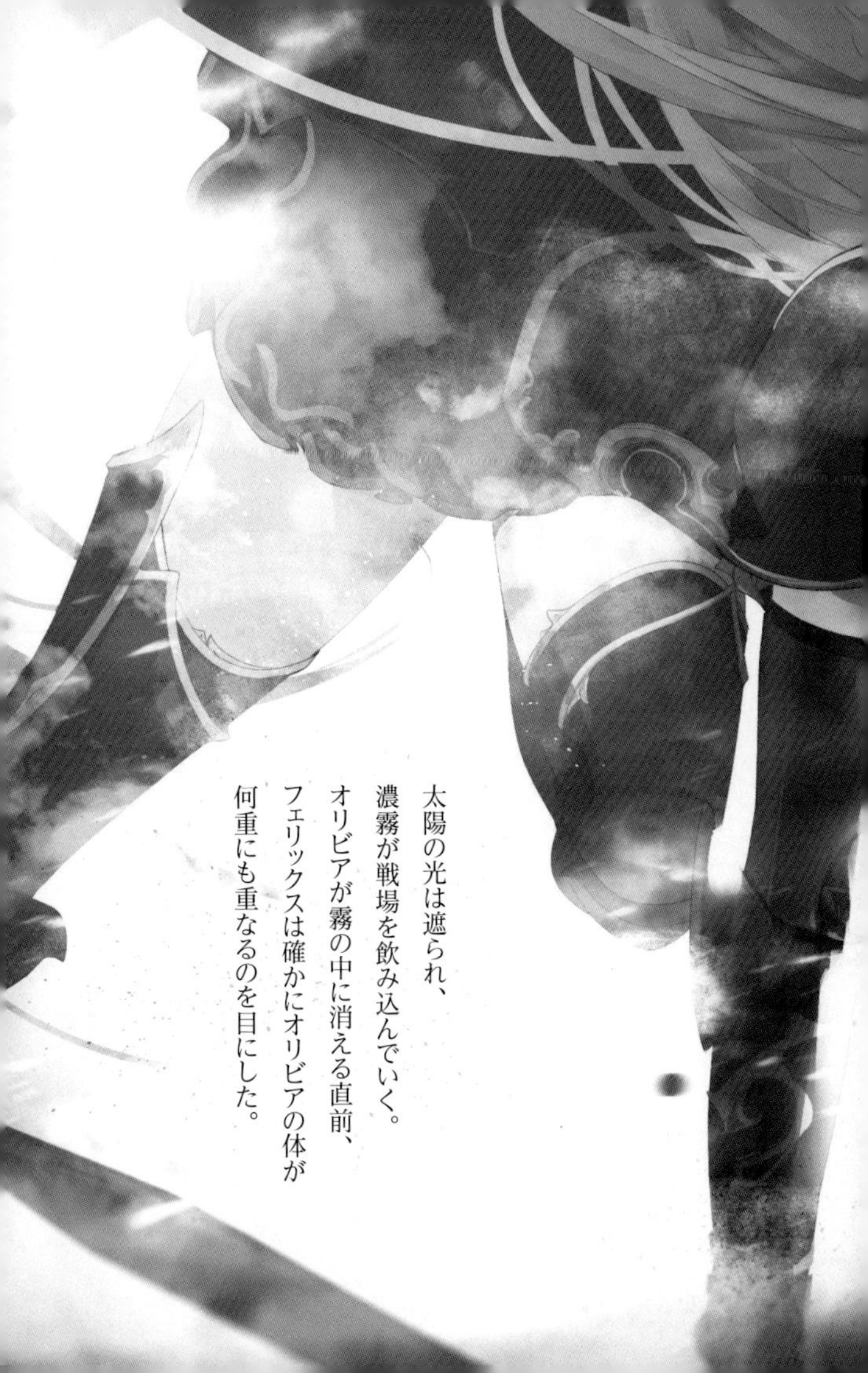
太陽の光は遮られ、
濃霧が戦場を飲み込んでいく。
オリビアが霧の中に消える直前、
フェリックスは確かにオリビアの体が
何重にも重なるのを目にした。

登場人物

Characters

ファーネスト王国

クラウディア・ユング

オリビアを敬愛する誇り高き騎士。天授眼の使い手。

アシュトン・ゼーネフィルダー

パウルに稀代の軍師と称され、名声を高めていく。

オリビア・ヴァレッドストーム

死神に育てられた少女。深淵人の末裔。

リーゼ・プロイセ

ブラッドの副官。仕官学校を首席で卒業した才女で、クラウディアとは同級生。

ブラッド・エンフィールド

第二軍を率いる将軍。粗野な言動が目立つが、戦略戦術に長け、剣の腕も一流。

エリス・クロフォード

オリビアを「お姉さま」と呼び慕う女性兵士。

ランベルト・フォン・ガルシア

猛将の異名を持つ、第一軍の副総司令官。

コルネリアス・ウィム・グリューニング

常勝将軍として名を馳せる、第一軍の総司令官。

アルフォンス・セム・ガルムンド

ファーネスト王国を統べる王。

オットー・シュタイナー

パウルの副官。オリビアに振り回され気味。

パウル・フォン・バルツァ

第七軍を率いる老将。鬼神の異名を持つ一方、オリビアには甘い。

ナインハルト・ブランシュ

第一軍の副官。冷静沈着で深謀遠慮。クラウディアの従兄でもある。

アースベルト帝国

フェリックス・フォン・ズィーガー

蒼の騎士団を率いる帝国三将。
深淵人と双璧をなす
阿修羅の末裔。

ローゼンマリー・フォン・ベルリエッタ

紅の騎士団を率いる帝国三将。
オリビアに復讐を誓う。

ダルメス・グスキ

帝国宰相。
死神の力を利用し、
皇帝を操っている。

神国メキア

ソフィティーア・ヘル・メキア

第七代聖天使。
圧倒的カリスマで
神国メキアを統べる。

ラーラ・ミラ・クリスタル

聖翔軍総督。ソフィティーアに
絶対の忠誠心を捧げる。

ヨハン・ストライダー

聖翔軍上級千人翔。
軽薄で大胆な言動が目立つ。

アメリア・ストラスト

聖翔軍所属の千人翔。
酷薄にして残酷。

その他

ゼット

オリビアを拾い、育てた死神。
ある日突然姿をくらます。

ゼーニア

第二の死神。ある目的のため
ダルメスに力を授け利用している。

デュベディリカ大陸
帝都オルステッド
アースベルト帝国
アストラ砦
ウィンザム城
城郭都市
エムリード
ストニア公国
神国メキア
王都フィス
小国家群
キール要塞
スワラン王国
ガリア要塞
カスパー砦
ファーネスト王国
サザーランド
都市国家連合
アースベルト帝国
帝都
オルステッド
エルフィール渓谷
ターナ平原
ベルガンナ砦
テスカポリス砦
ロックフェル砦
アストラ砦

死神に育てられた少女は漆黒の剣を胸に抱く VI

彩峰舞人

The Little Girl Raised by Death
Hold the Sword of Death Tight

Ⅵ

CONTENTS

イラスト／シエラ

プロローグ◆夜色に舞う決意の光

人里離れた山奥のさらに奥。灰リスたちに囲まれながらひとり遊んでいた少女が、背後から見知らぬ気配を感じて思わず振り返ると、鬱蒼と茂る木々の隙間から全身真っ黒な生き物の姿を目撃する。

この山には沢山の生き物が住んでいるけれど、視界に映る生き物はただの一度も見たことがない。少女の大きな瞳は一瞬にして好奇な輝きに満ち溢れた。

『あなたは誰？』

『…………』

『もしかしてお化けってやつかな？』

お化けは夜に現れるもの。そうお父さんから教わっていた少女であったが、昼間に現れるお化けがいても全然おかしいとは思わない。だって明るいところが好きなお化けもきっといるはずだから。

『……私の姿が見えるのか？』

『もちろん見えるよ。わたしって目がとってもいいから』

お母さん譲りの漆黒の瞳は、月明かりのない闇夜だって見通すことができる。まして太陽が出ているならなおさらだ。

真っ黒な生き物は少女に体を向けて、

『なるほど。そういうことか……』

足音を一切立てずに近づいてくる真っ黒な生き物は、当たり前のように少女の隣へ腰掛けた。間近で見ればやっぱり全部が真っ黒に染まっている。

興味津々で眺めていた少女は、ふと以前から知っているような錯覚に陥った。

（どうしてだろう？）

過去の記憶をいくら遡ってみても、やっぱり目の前の生き物とは出会ったことがない。そもそもこんなへんてこりんな生き物に出会っていたなら絶対に覚えているはずだ。

少女はもやもやしたものを心の中に感じながら同じ質問を重ねた。

『それで、お化けで正解？』

『……スピリチュア＝シェルはこの地に存在しない。あれは高次元にしか存在しない生命体だ』

『すぴり……なに？』

言っていることが難し過ぎて少女が小首を傾げていると、真っ黒な生き物は足元を元気に走り回る灰リスたちを眺めながら淡々と否定の言葉を口にした。

『お前が言うところのお化けではないということだ』

『違うの？　ほんとにー？』

自分と全く違う風貌からしても人間でないことは間違いない。だからといって獣とも違う。のっぺらぼうだし、おまけに黒いもやもやとしたものを地面に垂れ流している。少女の持っている絵本に出てくるお化けにかなり似ているのだ。

少女が改めて色々な角度から謎な生き物を眺めていると、

『……お前たち人間がいうところの死神というやつだ』

死神と聞いて、少女は即座に否定した。

『それは嘘だよ』

『──嘘？』

ここで死神と名乗った生き物は、初めて少女に正対した。

『実に興味深いな。なぜ嘘だと思った？』

『だって絵本に出てくる死神と全然違うもん。──ちょっと待っててね』

少女は地面に置いてある黒板を急いで手に取ると、胸ポケットから取り出した白墨を走らせながら説明していく。

『死神っていうのはね、体がこうほねほねで、ほねほねなの。そんでもって着ている服はすっごくボロボロでぇ……あとはね、大きな大きな鎌を持っているの』

最後に大鎌を描き終えた少女は『これが死神だよ』と言って、自信満々に黒板を見せつけた。黒板に顔を近づけた自称死神は、『なるほど。確かにこれを正しい死神とするなら私とは大分違うな』とあっさり認める。

少女は自分が正しかったことに満足し、相手が実際のところ何者なのかはどうでもよくなっていた。

『ところでお名前はなんていうの？　わたしはオリビア。オリビア・ヴァレッドストーム。年は八歳で、ここから山を下ったところにあるおうちに住んでいるの。ちなみにこの子は妹のキャロライン。わたしの五つ年下。可愛いでしょう』

お母さんに作ってもらった人形を膝の上に乗せ、少女はニシシと笑った。

『……我が名はゼット』

『ゼットか。うん、なんだか変なお名前だけど覚えたよ』

少女が言えば、ゼットは頬をひと撫でする。

『先程から実に不思議なのだが……』

『うんうん。この世の中には不思議なことっていっぱいあるよね。たとえばどうしてわたしは大きくならないとこの山から出ちゃいけないのかとか。ゼットはなんでだと思う？』

少女は山から出ることを固く禁じられている。お父さんもお母さんも理由を聞いても大きくなったら教えると言うだけで全然意味がわからない。

いつだったか夜中に少女が目を覚ましたとき、いつもは優しいお父さんとお母さんが怖い顔で話している姿を見た少女は、慌てて布団に潜り込んでジッと息を潜めていたことがある。話していた内容は少女が山から出ないように気を付けること。あとは難しい話でよくわからなかった。

その日以降、少女は山から出たいと口にしなくなった。お父さんとお母さんの怖い顔が頭に焼き付いていたこともあるけれど、それ以上に山を抜け出そうものなら二人とも絶対に悲しむと少女は思ったからだ。

『……お前は私のことが恐ろしくないのか？』

『え？　別に恐ろしくないよ。この子たちもこんなに楽しそうにしているし』

少女はゼットの体を楽しそうに駆け回る灰リスたちを指さした。灰リスはとても臆病な生き物。少しでも危険だと感じるものには決して近づこうとはしない。

『……ここで再び出会ったのはなにか意味があるのかもしれん』

『え？　再びって私たちは初めて会ったんだよ？　それよりもさ。これから一緒に湖へ行かない？』

『話に一貫性がない。なぜ湖なのだ？』

『なぜって今の季節は美味（おい）しい魚がたくさん獲れるからだよ』

椅子代わりにしていた丸太から立ち上がってお尻をパタパタと払った少女は、ゼットの手を握って無理矢理立たせると、北にある湖に向かって意気揚々と歩き始める。

北の湖はお父さんもお母さんも知らない少女だけが知っている秘密の場所。初めての友達ができたら教えてあげると前々から決めていた。

『……行っても仕方がない。なぜなら人間が食するものを私は口にしないからだ』

『じゃあゼットはなにを食べるの？』

『知りたいか？』

『うん、とっても』

ゼットは手に乗せている灰リスを見つめながら、

『……人間の魂だ』

少女は小首を傾げた。

『タマシイ？……よくわからないけどあんまり美味しそうじゃないね。湖で獲れる魚はとっても美味しいよ。だからゼットの分もわたしが美味しく食べてあげる。だってわたしたちは友達になったんだから』

『トモ……ダチ……その言葉は知らない。トモダチとはなんだ？』

ゼットは興味津々といった感じで顔を近づけてくる。難しいことは知っているくせに友達は知らないらしい。

『友達っていうのはね。こういう風に仲良く手を繋いで一緒に遊ぶことだよ』

胸を張ってそう答えた少女は、ゼットの手に自分の手を強引に絡ませた。

『それとお前じゃなくてオリビア。さっきちゃんと教えたでしょう？』

ブンブンと腕を大きく振りながら、少女はゼットに向かって無邪気に笑いかける。ゼットは繋がれた手を不思議そうに眺めていた。

これは少女が初めてゼットに出会ったときの記憶の欠片（かけら）………。

§

光陰暦九八三年。

天に向かって競い合うように伸びている通称〝双子木〟の頂点。頭の天辺（てっぺん）から足のつま先まで黒の衣装で統一された男が二人、両腕を組みながら見事なバランスで立っている。

北西から吹きすさぶ風にスカーフが荒々しくたなびく中、男のひとり――ネフェル・クワンが稲妻模様の描かれた黒仮面をおもむろに外した。

「ようやく見つけたぞ……ここを深淵人終焉（しんえんびとしゆうえん）の地とする」

木々に隠れるようにひっそりと立つ小屋を眼下に、ネフェルの口角が歪（いびつ）に吊り上がる。

ネフェルに追随するように白蛇（びやくだ）が描かれた黒仮面を外すもうひとりの男――サーフィス・トロアは、先端が二つに分かれた舌先をチロリと唇に這（は）わせた。

「決行は？」

「……明後日。月が真円を描くとき」

サーフィスは僅かに片眉を動かす。

「真円……ネフェルにしては随分とまた慎重なことで」

「逃げられたら面倒だからな」

「逃がすものかよ。ところで話は変わるが、カサエルの息子の件は聞いているか？」

「あの爺様（じいさま）があれほど手放しで称賛していれば嫌でも耳に入ってくるさ」

ネフェルが苦笑すれば、サーフィスも「そうだな」と、声を殺して笑う。

カサエル・フォン・ズィーガーの息子であるフェリックスは、体内に宿す〝オド〟の総量がすでに子供のそれではなく、しかも、僅か五歳にしてオドのコントロールまで身に着けているとネフェルは聞き及んでいる。

早くも歴代阿修羅（アスラ）最強たる資質を有するとの声も高く、その筆頭が阿修羅（アスラ）を束ねる長老のゼブラ・シンであるという事実が、話が歪曲（わいきょく）されていないことを物語っていた。

「なんにせよ才ある者の出現は喜ばしいことだ。今後も阿修羅（アスラ）は安泰だな」

「――だといいが、な」

風に吹かれて飛んできた一枚の枯れ葉を、ネフェルは二本の指で摑（つか）む。

「その言いよう……なにか懸念でもあるのか？」

窺（うかが）うような視線を向けてくるサーフィスへ、ネフェルは淡々と答えた。

「全てのものには終わりがある。どんなに強大な国家も、賢者と讃えられた人間もその理から逃れられる術などない。阿修羅だけが例外だと思うのは自惚れが強いというものだ」

　サーフィスは表情を厳しいものへと変化させた。

「滅多なことを口にするものではない。俺だから聞き流せるが、ほかの者が聞いたら阿修羅に対する背信と取られてもおかしくないぞ」

　ネフェルは風で右に流れる前髪に軽く触れ、

「そういうお前だからこそ口にしたのさ」

　ニヤリと笑うネフェルに、サーフィスは呆れたように溜息を落とした。

「まぁいい。とにかく決行は明後日ということでいいんだな？」

「ああ」

　ネフェルは小屋から斧を担いで出てくる男を見つめながら返事をする。続いて小屋から出てきた標的は、赤子を抱えながら出かける男に対し屈託ない笑顔で手を振っていた。

（せめてもの情けだ。最後に選択だけはさせてやる）

　空虚な笑いは砕かれた枯れ葉と共に空を舞い、運命の車輪は静かに回り始める。

　いつものように食料の買い出しから戻ったエリオットは、背負っていた麻袋をテーブルへと下ろし、自らも椅子に体を預けた。

「お帰りなさい。今日は遅かったのね」

「……オリビア」

　キャロラインをあやしながら向かい側の椅子に腰かけたオリビアは、表情を硬くするエリオットを見つめてただ一言「そう……」と、寂しそうに笑った。

　違和感を覚えたのは買い物をしているときだった。様々な視線が飛び交う街の中で一瞬、ひりつくような視線が向けられているのをエリオットは感じた。

　確信を得るため中心街から外れ、普段は立ち寄らない裏通りの店で買い物をした後、再び中心街に戻りながら自らが残した足跡にさりげなく目を向けると、エリオットを尾行するような足跡を見つけた。重心の位置取り、まるで測ったかのような正確な歩幅は明らかに素人のそれではなかった。

　すでに小屋も割れていると判断したエリオットは、あえて知らんふりを決め込んだ。尾行をしているということは、仕掛けるタイミングを計っているということ。こちらが尾行に気づいたと悟られれば、強行手段に出てくる可能性もあり、それはすなわち小屋にいる

§

オリビアとキャロラインに危険が及ぶことを意味している。

どのみち見つかった以上危険は免れないが、それでも二人のそばに自分がいないことだけは絶対に避けねばならなかった。

「奴(やつ)らは俺が気づいたことをまだ知らない。今夜夜陰に紛れながらここを発(た)とうと思う」

「わかった。人数はどれくらいかわかる?」

「あくまでも俺の予想だが、監視していた者を含めて三人から四人くらいだと思う」

「……そうね。今までのことを考えてもそれくらいだと私も思う」

言った後、オリビアはなにかを考え込むように空の一点を見つめる。膝の上に立ったキャロラインがオリビアの頬をペチペチと叩(たた)くも反応を示さない。

椅子から静かに立ち上がったエリオットは、オリビアの隣に寄り添いながら美しく整えられた黒髪をゆっくり撫でる。それを見たキャロラインも、同じようにオリビアの髪を撫で始めた。

「心配するな。オリビアとキャロラインは必ず俺が守り抜く」

「……うん、知っているよ」

固く引き結んでいた唇に慎(つつ)ましげな一輪の花を咲かせたオリビアは、髪を撫でるのを止(や)めないキャロラインに微笑(ほほえ)むと、テーブルに置かれた麻袋へ手を伸ばした。

「そうと決まったら腹ごしらえをしないとね。今から腕によりをかけてご馳走(ちそう)を作るから覚悟しておいてね」

「なら限界まで胃を空にしておかないといけないな」

腹を叩いて戯(おど)けてみせるエリオットをオリビアはクスクスと笑う。その一方でご馳走という言葉に反応をしたキャロラインが、鼻息を荒くしながら体を激しく上下に揺らしている。微笑ましい我が子の姿を目の当たりにして、危険が間近に迫っているにもかかわらず、エリオットは思わず相好を崩してしまった。

「キャロラインは本当に頼もしいな。将来はきっと大物になるぞ」

「またそんなこと……でも案外そうかもしれないわね。この子はなにが起きても全く動じないところがあるし」

麻袋から覗(のぞ)くアース南京を摑もうと両手を伸ばすキャロラインを、オリビアは微笑んで見つめている。どこまでも慈愛に満ちたその瞳は、限りなく母親のそれだった。

「ま、俺はキャロラインが元気に育ってくれたらそれでいい」

「私も。この子が健やかに育ってくれるだけで満足……」

しばしの沈黙後、エプロンを身に着けたオリビアは、「よし！」と両腰に手を置く。荷物から取り出した食材をキッチンにズラリと並べるオリビアに向かって、キャロラインは漆黒の瞳を大いに輝かせながらパチパチと両手を叩いていた。

§

——深夜。

蒼く彩られた森の中を複数の人影が駆け抜けていく。

　夜陰に紛れるように小屋を抜け出した人影を追う阿修羅であったが、標的との距離を一向に縮められずにいた。それはとにもかくにも罠が至るところに仕掛けられており、こちらの行く手をことごとく阻んでくるからに他ならない。

　ネフェルの横を駆けるサーフィスが苛立ったように舌打ちを放った。

「尾行を見抜かれたせいでこのざまだ！」

「若い奴らに少しでも経験を積ませようとしたのが裏目に——!?」

　突如視界に飛び込んできた巨大な丸太を、ネフェルは地面を這うように潜り抜けて躱す。

一方のサーフィスは地面から飛び出してきた捕獲網に対し、背中から抜いた二振りの剣を即座に振るうことで難を逃れていた。

　ちなみに尾行を任せていた二人の阿修羅は早々に罠の餌食となり果て、未だ追いつく気配を見せていない。

　二人は同時に背後を振り返り、溜息交じりに追跡を再開する。

「しかしこの罠、尋常ではないぞ」

サーフィスは肩に引っかかっていた捕獲網の断片を荒々しく払いながら言う。

「ああ。我ら阿修羅（アスラ）の目をこうも欺くとは……あの男、おそらくは結界師（けっかいし）で間違いない」

「結界師？──あのシルクド王国の？」

「これほどの罠を仕掛ける輩（やから）など俺は寡聞にして知らないからな」

遥（はる）か古（いにしえ）の時代。デュベディリカ大陸を席巻（せっけん）したと古文書に残るシルクド王国の戦士たちは、罠の扱いに長じていたと聞く。中でも極めし者が仕掛けた罠は結界の域にまで昇華し、そんな戦士たちをシルクド王は大いに称（たた）え、結界師として大陸中にその名を轟（とどろ）かせることとなった。かつて阿修羅（アスラ）の先人たちも結界師と矛を交えた経験があるらしく、かなり手を焼いたと記録に残されている。

そんなシルクド王国も災厄と呼ばれる危険害獣三種──通称〝咢（アギト）〟によって散々に国を蹂躙（じゅうりん）され、滅亡の道を歩んでいった。

「なんの恨みを買ったが知らんが、生き残った末裔（まつえい）たちも再び咢に襲われて完全に滅んだと俺は風の噂（うわさ）で聞いていたが？」

「一人や二人難を逃れた者がいたとしてもそれほど不思議じゃないさ」

間を置かずに飛んでくる矢を素早く手刀で払うネフェルの横で、サーフィスは摑んだ矢を鬱陶しそうに投げ捨てる。

「どちらにせよ俺たちの前に立ちはだかった時点で、あの男も死ぬことは決まっている」

その後もこちらの動きを見透かしているかのように襲い来る罠を回避し続けていると、サーフィスがこれみよがしに空を指差した。

「雲がいい具合に切れたぞ。そろそろ始めたらどうだ？」

「――そうだな」

後学のためにも結界師の罠をもう少し詳しく観察してみたかったネフェルだが、割と短気なところがあるサーフィスはことのほか焦れているらしい。

立ち止まり黒仮面を外して真円を描く銀月を見上げれば、一分と経たずに全身からオドの力が漲ってくる。筋肉という筋肉は隆起し、爪は鋭利な刃のように変化していく。

阿修羅の中でも特異体質であるネフェルだけが可能な術。オドによる肉体大活性だ。

「久しぶりにその姿を見たがやはり」

「それ以上は言うな。――先に行く」

サーフィスの返事を待つことなく地面を蹴り抜いたネフェルは華麗に、時に強引に罠を蹴散らしながら標的との距離を確実に狭めていく。

（この姿になった以上、楽しい鬼ごっこも間もなく終わりだ）

程なくしてネフェルは深淵人と結界師を視界に捉える。

ネフェルの口からは獣のごとき鋭利な牙が覗いていた。

§

剝き出しの力を背後から感じてエリオットが振り返れば、獣のような荒ぶる動きで迫る男の姿を目にする。森を抜けるまであと僅か。先には原野が広がるのみだ。

（まさかここまで俺の罠が突破されるとは誤算だった。前に撒いてやった阿修羅よりもはるかに手練れだ）

すでに罠の底は尽き、あとは二人の走力だけがものをいう。しかしながら追手は尋常ならざる速度で距離を縮めてくる。もはや追いつかれるのは時間の問題だった。

「――こうなった以上戦うしかない」

前を疾走するオリビアが淡々と言う。彼女の背中におぶさっているキャロラインは、なにかの遊びだと勘違いしているらしく、キャッキャッと楽しそうな声を上げていた。

「どうやらそれしかないようだな」

意を決するエリオットに、オリビアが再び話しかけてきた。

「勘違いしているみたいだから先に言っておくね。戦うのは私ひとりだから」

「……なにを言っている？」

森を抜けた先で走る足を止めたオリビアは、振り返ることなく同じ言葉を口にする。伊達や酔狂で吐いた言葉でないことは明らか。

それだけに許容できるはずもなかった。

「俺はオリビアとキャロラインを必ず守ると誓った」

「うん……そうだね」

オリビアはキャロラインを括りつけていた紐を解く。キャロラインを抱き寄せながら振り返ったオリビアは、笑顔を見せるキャロラインに目を細め、慈しむように頬ずりした。

「ならその誓いを守らせてくれ」

「──今だから言うとね。その誓いはとっくに守ってもらっているんだよ」

「守ってなんか──!?」

スッと伸びてきた右手が、エリオットの頬をどこまでも優しく撫でる。それはまるで聞き分けのない子供に対する仕草のようであった。

「今度は私がエリオットとキャロラインを守る番。それに阿修羅と深淵人の因縁はやっぱり私の手で決着をつけないと死んでいった同胞たちに怒られちゃうから」

「……初めから、オリビアは初めからこうするつもりだったのか？」

「ごめんね。言えば絶対に反対すると思って。エリオットはどこまでも優しい人だから」

強引にキャロラインを抱かせたオリビアの視線は、森の一点に注がれていた。

「待てッ！　俺はまだ承諾した覚えはッ！」

「これをキャロラインに……」

こちらの言葉を遮って首飾りを外したオリビアは、キャロラインの首にそっとかける。

赤い輝きを放つひし形の宝石は、代々ヴァレッドストーム家の家宝として引き継がれてきたとエリオットは聞かされていた。

オリビアは北西の方角に指をさして言う。

「この先を進めば帰らずの森がある。帰らずの森に入ればいかに阿修羅(アスラ)でも追っては来られない」

エリオットとオリビアが身を潜めていたのは神国メキアの領内。このまま北西に進めば確かに帰らずの森へたどり着く。が、帰らずの森はその名の通り一度足を踏み入れたら最後、二度と出ることができない魔境の森。そんな森にオリビアは逃げ込めと言うのだ。

さすがに困惑するエリオットに、オリビアは言葉を紡いでいく。

「ヴァレッドストーム家には代々こんな言い伝えが残されているの。──汝(なんじ)、真に助けを望むならば冥界の門に向かえ。赤き一条の輝きが道標となるだろう……」

「……よくわからないが、冥界の門とやらが帰らずの森にあるのか？」

「うん」

「で、この宝石が冥界の門に導く、と」

エリオットは懐疑的な視線をキャロラインの手にある大粒の宝石に向けた。好事家にでも売れば破格の値段が付くであろうことは想像に難くない。だが、逆に言えばそれ以上の代物にはとても思えなかった。

「エリオット、私を信じて。その宝石がきっとあの方の元に導いてくれるから」

「あの方？　冥界の門に誰かがいるというのか？」

聞けば僅かな逡巡（しゅんじゅん）をオリビアは見せ、

「ヴァレッドストーム家の守護神。あの方は自分のこと死神って言っていた」

「死神って……」

「私は至って正気だよ。確か初めて会ったのは八歳のとき。全身真っ黒でしかものっぺらぼうなの。いつも黒い靄（もや）を体から漂わせていて……普通に考えたら絶対に怖がると思う。でもあのときの私は不思議と全然怖くなかったの。むしろ――」

なにかを思い出したのか、オリビアの唇から小さな笑みが零（こぼ）れ落ちる。正直オリビアがなにを言っているのかわからない。それでもひとつだけはっきりしていることは、決してオリビアが嘘（うそ）を言わないということだ。

「わかった。とにかく帰らずの森に行ってその死神とやらに会えばいいんだな？」

「うん……ありがとう。私のことを信じてくれて」

「オリビアの言うことなら俺はどこまでも信じるさ」

満面の笑みを浮かべたオリビアの体をエリオットは抱き寄せた。凍（い）てつくような風が体を通り抜け、エリオットから安らぎに満ちた香りを奪い去っていく。

「──もう行って。私も絶対に後から追いかけるから」

「ああ。キャロラインと二人で待っている」

エリオットは己の心を偽りオリビアからそっと離れる。そのまま踵(きびす)を返し、帰らずの森に向かって疾走する。

腕の中のキャロラインは、無垢(むく)なる笑顔で手にした宝石を見つめていた。

§

エリオットとキャロラインが視界から消えるのとほぼ同時に、風を纏(まと)うようにして現れた阿修羅(アスラ)は、オリビアの前でピタリとその足を止めた。

「追いかけっこはここで終了か？　それにしても中々に面白い余興であった。我ら阿修羅(アスラ)でなければ目論見(もくろみ)は早々に達成されたのだろうが……自らを盾にしてでもシルクドの男と赤子は逃がすつもりか？」

阿修羅(アスラ)の問いには一切答えず肩へ手を伸ばしたオリビアは、身に着けていた黒のマントを脱ぎ捨てた。濡羽色(ぬればいろ)に染められた小札鎧(こざねよろい)が露(あら)わになる中、腰の後ろの鞘(さや)から白金に輝くナイフを抜く。右足をやや後ろへ引き、中腰に構えた。

戦闘態勢に移行したオリビアに対し、狼(おおかみ)のような風貌をしたこの阿修羅(アスラ)は、両手を腰に当てながらくつくつと笑う。

「俺も随分と舐められたものだな。そんなおもちゃを今さら持ち出してどうしようというのだ。逃げることに必死で本来の得物をあの小屋に忘れてしまったのか？」

「……舐めているのは果たしてどっちかしら？」

オリビアは十分に練り込んだオドをナイフに向けて流し込んだ。程なくして刃の付け根から淡い金色に輝く剣を現出させると、阿修羅から感嘆の声が上がった。

「これは驚いた。オドをそこまで物質化することができるのか。我ら阿修羅であってもそこまでの真似ができる者などそうはいない。先程の発言は大いに詫びよう。さすがにかつて深淵人最強と謳われたガラシャの血を引くヴァレッドストーム家だ。――ところでどうする？　シルクドの男か？　それとも赤子の深淵人から始めるか？」

「……なにを、言っているの？」

「こう見えて俺は阿修羅の中でも慈悲深い男で知られていてな。シルクドの男と赤子の最期を看取ったほうがお前も心置きなく死ねるだろう？」

鋭利な歯を存分に覗かせて薄ら笑いを浮かべる阿修羅。オリビアは血液という血液が沸騰するほどの怒りを覚えた。

「愛しいあの人と我が子には、たとえ髪の毛一本とて貴様に触れさせなどしないッ!!」

地面に向けて光剣を一閃し、阿修羅と自分との間に境界線を引く。これ以上前には絶対に進ませないというオリビアの断固たる決意に他ならない。

阿修羅（アスラ）はといえば、地面に深く刻まれた境界線を不思議そうに眺めながら口を開く。

「二人の最期を看取ることなく先に逝くことが希望か？　それがお前の選んだ答えなら俺は一向に構わない。――ようやく来たか……」

阿修羅（アスラ）が視線を流す方向にオリビアもまた目をやると、黒仮面を身に着けた阿修羅（アスラ）が猛然とこちらに近づいてくる姿を捉えた。

「――まだ始めていなかったのか。随分と悠長なことだな」

「思いのほか深淵人（しんえんびと）とのおしゃべりが楽しくてつい、な」

黒仮面越しに阿修羅（アスラ）はフンと鼻を鳴らし、オリビアの手元に視線を向けた。

「ほう、物質化ができるのか。これはこれは……」

「どうだ？　実に楽しくなりそうだろ？」

黒仮面の阿修羅（アスラ）はガリガリと頭を掻（か）いた。

「そういうところがネフェルの悪い癖だぞ。我々は契約を履行することだけ考えていればいい。――それでシルクドの男と赤子は未（いま）だ逃げているということでいいんだな？」

「ああ、ご覧の通りだ」

「ならここはお前に任せたぞ。たとえ赤子だろうと深淵人（しんえんびと）に変わりはないからな」

オリビアの脇を堂々と駆け抜けようとする黒仮面の阿修羅（アスラ）に向かって光剣を横一閃に振

るうも、体を捻るように跳躍して難なく回避した黒仮面の阿修羅は、

「俺の話を聞いていなかったのか？　お前の相手は俺ではない」

地面に着地しそのまま走り去ろうとする。オリビアは鞭状に変化させた光剣を黒仮面の阿修羅の足首に巻き付け、さらに空中へと勢いよく引っ張り上げ、最後に思いきり地面へと叩きつけた。

「言ったはず！　愛しいあの人と我が子にはたとえ指一本とて触れさせはしないとッ!!」

濛々と上がる土煙の中、忍び笑う声に混じって呆れたような声が聞こえてくる。

「俺はそんな話など聞いていない」

「そういえばそんなことも言っていたな……。しかしオドの形状変化もお手の物か。これは益々もって面白くなりそうだ」

「――さっきの言葉は訂正する。面倒だから二人で片を付けるぞ」

「はいよ」

二人の阿修羅はオリビアを左右から挟み込むような形でジリジリと距離を縮めていく。

（エリオット、キャロライン、私に力を貸して！）

雲は完全に空から消え去り、月光が大地を幻想的な銀色に染める。

オリビアは輝く星を摑むかのごとき跳躍を見せるのだった――――。

第一章◆終幕の前奏曲（プレリュード）

Ⅰ

山や森。湿地や河川など複雑な地形が入り組むターナ平野の山中において、青い鎧を身に着けている男女の姿があった。一見すると蒼（あお）の騎士団の兵士そのものだが、その身に纏う尋常ならざる気配は明らかに兵士のそれではない。

二人の足下には誰とも知れぬ二つの死体が無造作に転がっていた。

「――そろそろ始まりそうだな」

両陣営から鳴り響く陣太鼓の音を聞きながら短髪長身の男――ミラージュ・レブナントは、黄金の逆十字が描かれた黒仮面を外しながら手甲を嵌（は）めたクリシュナ・セイレーンへ声をかける。

クリシュナも極彩色の蝶（ちょう）が描かれた黒仮面を外すと、腰のホルダーから遠眼鏡を取り出して自らの瞳にあてがった。

「――そうみたいね。ところでどのタイミングで仕掛けるつもり？」

「混戦状態のときを狙う。確実に仕留めたいからな」

「確実に仕留めるならそれこそ寝込みを襲うべきじゃない。私たちは古の時代から続く暗殺者なのよ？」

　クリシュナはひらひらと舞う一匹の蝶を人差し指に乗せながら、自分たちが暗殺者であることを強調してくる。

「愚にもつかない標的ならそれで事足りる。だが今回の相手は深淵人だ。しかもマダラを殺った手練れ。神経を張り巡らす寝込みを襲うよりも、戦争で気を散らしているときのほうが余程仕留め易い」

　クリシュナは肯定も否定も口にすることなく遠眼鏡を左から右へ流していたが、

「ところで仮面を外した姿を久しぶりに拝見しましたけれど……あなたってそんな顔だったかしら？」

　遠眼鏡を小気味よくホルダーへ戻しながら覗き込むように見つめてくるクリシュナに、ミラージュは最近伸ばし始めた髭を撫でながら答えた。

「もしかして俺に惚れたのか？」

「……人間ってあまりにも驚くと咄嗟に声が出ないものね。頭は大丈夫かしら？　いつ私があなたに惚れたのか実に興味深いですわ」

　白い視線を突き刺してくるクリシュナを見て、ミラージュは首を捻った。

「なんだ、違うのか？　真っ先に俺と組みたいと言うからてっきりそうなのかと……」

「たったそれだけのことで今の発言に至ったと!?……呆れて物も言えないわ。あなたとは連携が取りやすいというだけです。思い込みもそこまでいくと空恐ろしさを感じるわね」

クリシュナが盛大な溜息を吐き、しばしの沈黙が二人の間を流れていく。その沈黙を破ったのは、すでに別のことで頭を巡らせていたミラージュだった。

「ところでフェリックスの件だが――」

ミラージュがフェリックスの名を口にした途端、色香を漂わせるクリシュナの厚い唇が妖しい弧を描いたかと思えば、木に留まっていた野鳥の群れがけたたましい鳴き声を上げながら一斉に飛び去って行く。

ミラージュはクリシュナをねめつけ、

「むやみに殺気を放つな」

「フェリックスがなにかしら? 情報によれば今回帝国軍の総大将は彼よね?」

クリシュナは鼻歌でも歌い出しそうな勢いで帝国軍の陣営に視線を向ける。ミラージュは一度開きかけた口を閉じ、代わりに小さな息を落とした。

「いや、もういい」

「あら? 言いたいことは我慢せずに言ったほうがいいわよ。ちなみに深淵人の件が片付いたら、尊大な口を利いた彼にはそれなりのおしおきをするつもりです」

「……よもや長老の言葉を忘れたわけではあるまい」

前回の会合でフェリックスの殺害にまで話が及び、長老からフェリックスに手出しすることはならないと厳しく釘を刺されている。

「もちろん長老様の言葉を忘れてなどいないわ。ただ、どれだけの才を秘めているのか知りませんけれど、それにしたって長老様は彼に対して甘過ぎますわ。それはあなたも感じているでしょう？」

「フェリックスは次代の長と決まっている。多少なりとも甘くはなるさ」

次代の長を決めるのは現在の長でなければならない。阿修羅が誕生してから連綿と受け継がれてきた【阿修羅総掟】には、そのように書き記されている。

いくら異議を唱えようとも長老が心変わりをしない限りはどうなるものでもない。阿修羅においては契約や掟が全てなのだから。

「あからさまなくらい阿修羅を遠ざけているのに？　ふふっ。実に滑稽な話よね」

「それだけ長老はフェリックスの才を認めているのさ」

「そんなことだから崇高な阿修羅の任務をことごとく無視して、愚にもつかない戦争ごっこにうつつを抜かすのよ。深淵人を狩ることは最上位の任務ではなくて？　少し痛い目に合わせるくらいどうってことないわ」

「痛い目に合わせるか……」

ミラージュが声なく笑っていると、クリシュナの瞳が胡乱なものへと変わっていく。

「あなたを笑わせたつもりなどまるでありませんが？」

「自信があるのは大いに結構なことだが、少なくとも俺は加担する気などないからな」

「はぁ……結局あなたもネフェルと同じ考えらしいですね。どんな臆病風に吹かれたのか知りませんが、彼が私たち全員を相手にできると、本気でそう思っているのですか？」

小馬鹿したようなクリシュナの問いに対し、多少の逡巡を覚えたミラージュであったが、この際だと昔の出来事を語って聞かせることにした。

「――たった一度だけだが、俺はフェリックスと手合せをしたことがある」

「それは初耳ですわね」

はっきりと驚きを示すクリシュナを横目に、ミラージュは構わず話を続けていく。

「それはそうだろう。なにせ十年以上昔の話だからな」

当時のことをミラージュは、つい昨日のことのように思い出す。クリシュナは綺麗に整えられた眉をピクリと動かした。

「十年以上前？」

「そのときのフェリックスは十一歳。俺は今のフェリックスとちょうど同じくらいの年齢だったな」

クリシュナは目だけで話の続きを促してくる。ミラージュは無言のうちに右上腕部を覆う鎧を外し、クリシュナへ見せつけるようにして袖をたくし上げる。

　クリシュナの眉が眉間に吸い寄せられていくのがありありと見て取れた。

「この古傷は立ち合い早々フェリックスにつけられたものだ。結果は言うまでもないだろう」

「それってあなたが弱いだけではなくて？」

からかうようなクリシュナの物言いに、ミラージュはにたりと笑ってみせた。

「本当にそう思っているのか？」

「そ、それは……」

　クリシュナは微妙に表情を強張らせて言い淀む。ミラージュはたくし上げた袖を元の位置へと戻し、外した上腕部分の鎧を着け直した。

「ま、つまりはそういうことだ」

「……一応言っておきますが最初からあなたに手伝ってもらおうとは思っていませんので」

　最後に吐き捨てるように言ったクリシュナは、転がっている死体を何度も蹴りつける。死んでからも嬲られるとは実に気の毒なことだ。

(しかし困ったものだな)

　ネフェルを擁護するつもりなどさらさらないが、クリシュナを始めとする比較的若い阿修羅は、どうにもフェリックスを舐めているふしが垣間見える。

ミラージュも誇り高き阿修羅（アスラ）の血を忌み嫌うフェリックスを多少なりとも疎ましく思ってはいるが、だからといって今さらフェリックスへ剣を向けようとは思わない。よしんば向けたところで少年のときですら手も足も出なかったのだ。すっかり成長して大人となった今、僅かでも勝てる道理などあるはずもない。

ミラージュは脇道に逸（そ）れてしまった話を元に戻した。

「クリシュナがいきり立つ気持ちもわからなくはないが、フェリックスの件はひとまず置いておけ。今は深淵人（しんえんびと）を始末することがなにより重要だ」

正真正銘最後の生き残りである件（くだん）の深淵人（しんえんびと）は、マダラを返り討ちにしている。決して侮っていい相手でないことはクリシュナとて理解しているはずだ。

そんなクリシュナは小さな舌打ちをひとつ披露して、

「言われるまでもなく警戒しているわよ。だからわざわざこんな恰好（かっこう）までしているんじゃない」

両腕を左右に伸ばしてその場で優雅に一回転して見せるクリシュナ。サラサラとした黄金の髪が美しい輪を空中に描いた。

「中々どうして似合っているぞ」

「それはどうも」

クリシュナは心底つまらなそうに言う。ならば見せつけるような仕草をするなと、ミラージュは内心で舌打ちした。

「念のためもう一度言っておく。殺るのは混戦時。体力を消耗していればなお上々だ」

「そうなると序盤は高みの見物ということでよろしいのかしら？」

「そういうことになるな」

「早々にケリがついたら？」

「それはそれでまた考えればいいことだ。どちらにせよ観察は必須だ」

初見で相対するよりも相手の実力を見極めてから事に当たれば、成功率が飛躍的に上がるのは間違いない。マダラを殺した相手である以上、用心に越したことはないのだから。

了承するクリシュナを尻目に、ミラージュは眼下に広がる軍勢に改めて目を向けた。

（戦場で死神と呼ばれる最後の深淵人。お前の母親もかなりの手練れであったとネフェルから聞いている。とりあえずはお手並み拝見といこうか）

陣太鼓から響く音は激しさを増していき、双方の軍勢から鬨の声が上がり始める。

踵を返したミラージュとクリシュナは、程なくして山中から姿を消した――。

Ⅱ

黒い疾風が大地を切り裂き、眩いばかりの銀髪と真紅のマントが紺碧の下たなびく。

土煙を巻き上げながらただの一騎で近づいてくる敵兵を最初に視認したのは、遠眼鏡で王国軍の軍勢を眺めていたレドモンド・ハイン少佐であった。

「――どういうことだ？」

思わず漏れ出てしまった言葉は、今のレドモンドの心情を端的に表していた。目を何度か瞬かせ、一旦は下げた遠眼鏡を再び正面に向けてみれば、先程と変わらない光景が映し出されている。

本来ならすぐにでも敵の進撃を知らせなければいけないところだが、あまりにも常軌を逸した行動を見せる敵に対し、レドモンドはそのまま遠眼鏡を覗き続けるという愚を犯してしまう。そして、騎乗の人物が帝国軍の心胆を寒からしめる死神オリビアと気づいたときには全てが後の祭りだった。

オリビアが黒塗りの大槍を振るう度、精鋭であるはずの蒼の騎士団がある種冗談のように吹き飛ばされていく様は、さながら死神の大鎌を振るわれているかのような錯覚をレドモンドに抱かせた。これはもう悪夢と断じてもなんら遜色ないもの。帝国最強と呼ばれる蒼の騎士団ではあるも、だからといって万能というわけではない。

経験したことのない恐怖は、驚くべき速度でもって周囲に拡散していく。

「だがこんなことで怯む俺ではない！」

迫り来るオリビアに対し、レドモンドは槍を握る右腕にありったけの力を込める。次の瞬間、レドモンドは握り締めていたはずの槍をなぜかあっさり落としていた。

「なぜ……?」

口にしたレドモンドの疑問に答えるものは誰もいなかったが、代わりに生温かい感触が首から伝わってくる。手でそっと触れてみたことで自ら答えに至った。

(そういうことか……)

栄えある紅や天陽の騎士団が、死神と呼ばれる少女に膝を折った理由が改めてわかった頃には、ほかの兵士たちと同じようにレドモンドもまた地面に崩れ落ちていた。


「なんとしてでも死神を止めろッ!!」

馬上で怒号を発する部隊長らしき兵士に向かって、オリビアは漆黒の槍を薙ぎ払う。眼球が勢いよく飛び出した兵士はそのまま彼方へ吹き飛ばされ、やがて地面と同化する。

オリビアが手にしている槍の口金部分には、真紅のマントと同じくヴァレッドストーム家の紋章が描かれた槍旗が括り付けられている。

見る者が見ればすぐに業物だとわかるその長槍は、オリビアの鎧を作製した城郭都市エムリードの名鍛冶師であるハンスが、再びアシュトンの依頼を受けて作り上げた逸品だ。

屈強な男が三人がかりでやっと持ち上げるような代物を、しかし、オリビアは苦も無く縦横無尽に振り回せば、やがて蒼の軍勢が真っ二つに割れていく。

その様を自陣から見つめていたジャイル・マリオン中尉は、側近の部下たちが戦慄するほどの笑みを浮かべると、旗下二千からなる兵士たちに向けて静かに告げた。

「戦乙女が我ら臣下に光の道をお示しになられた。あとは導きに従ってただ駆けるだけでいい。――いくぞてめえらッ!!」

「「「応ッ!!」」」

ジャイルの檄（げき）に応えた兵士たちは、オリビアが造り上げた道に殺到する。蒼の騎士団はさらに浮足立つも、そこは帝国最強と謳（うた）われる者たち。僅かな時間で反撃に転じてくるも、ジャイル率いる部隊はさながら獲物に喰（く）らいつく獣のような動きでもって蒼の騎士団に少なくない出血を強いていく。

こうして開戦序幕は第八軍が圧倒しているが――……。

（ここまでが限界だね）

早々に引き時だと判断したオリビアは、正確無比に矢を放つジャイルに向かって告げた。

「ジャイル、わたしが合図をしたら順次兵を後退させて」

「後退？――隊長のお言葉に逆らうわけではありませんが、今は完全にこちらが優勢です。いずれ後退するにせよ、今はまだそのときではないかと……」

手を止めることなく進言してくるジャイルに対して、オリビアもまた突き出された槍ごと敵を薙ぎ払いながら疑問に答えた。

「このまま進めば間違いなく手痛い反撃を受けるよ。なんならわたしが持ってきたお菓子を全部賭けてもいい」

策は成り、蒼の騎士団に打撃を与えたことは否定しない。しかし、敵の乱れはすでに収まりつつあり、あまつさえこちらを陣中深く誘導するような動きを見せている。きっとこのまま前に進めば、巨大な大蛇が全てを飲み込むため大きな口を開けていることだろう。

視線を素早く周囲に走らせたジャイルは舌打ちし、すぐに謝罪の言葉を口にした。

「隊長の右腕を名乗っておきながら恥ずかしい限りです。申し訳ありません」

「すぐにそれがわかるだけでも凄いことだよ。頼りにしているからね」

いつからジャイルは自分の右腕になったのだろうと疑問に思いながらも笑顔で言った。どうせ問い質したところでジャイルのことだ。意味不明な答えが返ってくるに違いない。

「お任せをッ！」

ジャイルは顔を上気させた。矢が尽きた弓を背に戻し、勢いよく腰の剣を引き抜つ。

オリビアも存分に漆黒の槍を振るいつつも、後退の頃合いを見計らっていた──。

Ⅲ

時は僅かに遡る──。

太陽に照らされた稲穂のごとき黄金の髪を風になびかせ、見事な細工が施された長剣を地面に突き立てながら戦場を俯瞰(ふかん)するのは、バイオレット・フォン・アナスタシア中将。絵画から抜け出たような美貌を備える彼女の下に伝令兵が姿を見せたのは、互いの陣営から開戦を告げる鬨の声が上がって間もなくのことだった。

繊細な指先で前髪を左に流したバイオレットは、社交界で〝蒼穹の君(そうきゅうのきみ)〟と呼ばれる由縁となった鮮やかな蒼の瞳を伝令兵に向けた。

「何事ですか？」

「はっ！　第八軍の総司令官、死神オリビアがレドモンド少佐率いる部隊に一騎駆けを敢行。かなりの混乱に陥っている模様です！」

一瞬の静寂ののち、居並ぶ猛者たちから雷鳴のごときどよめきが巻き起こる。このときすでにレドモンド少佐はオリビアの槍にかかり死亡しているのだが、今のバイオレットや諸将たちがそれを知る由もない。

「死神オリビアが一騎駆けじゃとッ！」

老臣が今にも襲い掛かりそうな勢いで伝令兵を睨(にら)みつければ、ほかの者たちも似たような態度を示す。バイオレットだけは小さな舌打ちにとどめた。

（噂(うわさ)以上にとんでもないことをやってのけますね）

死神オリビアが常に最前線で剣を振ることは承知している。だが、仮にも一軍を率いる立場でありながら一騎駆けを行うとは予想の範疇外で、最前線で相対した兵士たちは間違いなく度肝を抜かれたに相違ない。

でなければ精鋭たる蒼の騎士団が易々と機先を制されるわけがないのだ。

「死神が開けた穴に向かって敵の部隊も殺到しています」

伝令兵の言葉で皆の視線が集中するのを感じながらバイオレットは瞳を伏せる。それは一分にも満たない時間であった。

「――これより策を授けます」

バイオレットの命令を受けた伝令兵は颯爽と駆けていく。

本来なら直ちに増援を派遣するのが常策なれど、このときのバイオレットは後退の指示を与えつつも、水面下では逆撃のための包囲網を密かに構築していく。

「死神はこの策に気づくでしょうか？」

老臣が蓄えた髭を擦りながら尋ねてきた。

「死神さんを私なりに分析してみましたが、一見無法とも思える行動の裏には必ずしたたかな戦術が隠されていました。状況判断も早く相当な切れ者であることがわかります。授けた策もおそらくは看破してくることでしょう」

口にはせずとも老臣の表情から明らかに困惑している様子がわかり、バイオレットは唇を小さく綻ばせながら話を続ける。

「別に看破されてもいいのです。たとえ一時でも引けば十分に浮足立った軍を立て直す機会を得ますから。仮にこのまま進撃を続けるようなら、死神さん率いる第八軍など恐れるに足りません」

バイオレットは薄い微笑み(ほほえ)を浮かべる。

フェリックスの右腕とも目される彼女は、間違いなく非凡な将であった。

Ⅳ

オリビアとジャイル率いる部隊が突入を開始してから僅か十五分後。アシュトンは早くも第二部隊を率いるエリスと重装歩兵連隊に対し、後退を支援するべく命令を発した。

伝令兵が各部隊に向けて走り去っていく中、アシュトンが背中からの視線を強く感じて後ろを振り返れば、王国十剣がうち〝一の剣〟、リフル・アテネ特佐と視線が重なる。

(この独特な雰囲気にも大分慣れてきたな。……いいのかどうかはこの際置くとして)

内心で苦笑したアシュトンは、今回も〝ウル族〟の象徴である雅(みやび)な戦装束〝東華装〟を鎧(よろい)の上から羽織るリフルに現状を説明する。

「奇策ともいえるオリビアの一騎駆けは見事に成功しました。ジャイル率いる部隊も目覚ましい活躍を見せています。ここまでは優勢といって差し支えないでしょう」

「オリビア超先生の一騎駆けは……ほかの誰にも真似できき、ない。さぞや蒼の騎士団も驚いただろうけど……ここらあたりが限界だと……そうアシュトン君は思って、いる。だから、後退を支援する部隊を早々に手配、した」

意図を正確に見抜いてきたリフルに驚きながらも、アシュトンは力強く首肯した。

コルネリアスは再びリフルをアシュトンの護衛として送り込んできたのだが、前回と事情が大きく異なるのは、どうやらリフルが自ら志願してここに来たらしいということだ。

彼女がなにを思って志願したのかは謎だが、心強い護衛であることに変わりはない。

「僕が予想していたよりも敵の立ち直りが早いです。為す術もなく後退しているように見えますが、逆撃の機会を狙っているのは間違いありません」

戦いはまだ序盤を迎えたばかり。一定の戦果を挙げた以上、一時の優勢に固執する必要はない。アシュトンからすれば、固執は柔軟な思考を妨げるだけである。

「アシュトン君の……言う通りだと、私も思う。蒼の騎士団の実力は……まだまだこんなものじゃ……ない。でなければ、帝国最精鋭とは呼ばれ、ない。リフルは、アシュトンの考えを……指示する」

「ええと……それはありがとうございます」

リフルは護衛であって副官ではないのだが、それでも一応礼は言っておく。

「もちろん最前線で戦っているオリビアもそのことに気づいていると思います」

「オリビア超先生は……戦いの呼吸を、完全に知り尽くしている。気が付かないわけ、がない」

「事戦いに関しては僕も完全にリフル特佐の考えに同意します。ほかはまぁそのあれですが……。どちらにせよこの戦いは常に先を見越して動くことが肝要です」

そうでなければ蒼の騎士団に勝利することはできないと、この時点でアシュトンは思い定めていた。

「さすが……私の……アシュトン君。……私の剣技、見る？」

リフルは腰に下げている剣を二本の指でゆっくり撫でた。

「え？　い、いえ。リフル特佐の剣技は前に見せてもらったので大丈夫です」

「そう……残念」

剣から指を離したリフルは小さく口を尖らす。やっぱり彼女の言動に理解が及ばず大いに首を傾げていると、アシュトンの従卒を務めている二等兵のラキがコップ片手に早足でやって来る。どこか少年らしさを残した笑みが印象的だ。

「アシュトン中佐、紅茶をお持ちしました！」

「助かる。ちょうど喉が渇いていたところだよ」

礼を言って受け取り、早速紅茶を口にする。程よい温かさと品の良い香りが、絶対に負けられないと気負うアシュトンの心を適度に落ち着かせた。

「ふぅ……。戦場でもラキの淹れてくれた紅茶は美味しいな」

「そう言っていただけてなによりです」

人懐っこい笑みで敬礼したラキは、音楽でも奏でそうな足取りで戻っていく。そんな彼の後ろ姿をリフルが眉を顰めて見つめていた。

「どうされたのですか？」

「彼は一体何者？」

「ラキですか？　ラキは一応私の従卒ですが」

「いつから従卒なの？」

「え？　いつからだっけなぁ……そうそう。確かノーザン＝ペルシラ軍との戦いが終わった後くらいですかね」

珍しく淀みのない口調のリフルに戸惑いを覚えながらもアシュトンは質問に答えていく。ラキを見るリフルの目は常になく厳しいもので、アシュトンは大いに首を傾げたものだ。

「一体ラキがどうしたんですか？」

「……オリビア超先生は彼についてなにか言っていなかった？」

「え？　オリビアですか？　オリビアは……ラキは紅茶を淹れるのがとても上手だって褒めていましたね」

「それだけ？　ほかには？」

「ほかにもなにもそれくらいですよ」

「ほんと？」

「本当です。こんなことで嘘を言う理由もありませんし」

はっきりそう言えば、リフルは腕を組んで考え込むような仕草を見せ始める。

「だとすると、私の勘違い？　でも……」

「リフル特佐がラキのなにを気にしているのか僕にはさっぱりわからないんですけど」

ラキは紅茶を淹れるのがことのほか上手いことと、アシュトン以上に剣が使えないところを除けば、気の優しいどこにでもいる青年だ。

リフルは思い出したようにアシュトンに焦点を合わせ、

「アシュトン君がわからないのは……当然」

「なんだか酷い言いように聞こえるんですが……」

「酷くは、ない。アシュトン君はそれで、いい。そのために私がここに、いる」

「はぁ……」

「ただ少し……少しだけ用事ができた。すぐに戻るから……安心して」

言ったリフルはラキの後を追うように立ち去っていく。オリビア以上になにを考えているのかわからないリフルの背中をアシュトンは黙って見送った。

漆黒の槍を振るう一方で戦場の観察も怠ることなく続けること三十分。

（そろそろ潮時だね）

オリビアの意を汲んだジャイルが即座に命令を発し、第一部隊は速やかに後退を始めていく。当然蒼の騎士団はここぞとばかりに追撃をかけてくるが、オリビアが予想していたよりも苛烈なものではなかった。

（私が敵の思考を読んだように敵も私の思考を読んだってことかな？　そういうことならここは遠慮なく引かせてもらうけど）

殿を引き受けたオリビアは、迫りくる蒼の騎士団に向けて荒ぶる刃風を頭上で響かせる。後方に視線を流せば、こちらの後退を支援するべく味方の軍勢が迫っている光景を目にした。

（タイミングばっちりだよ。さすがはアシュトンだね！）

ジャイル率いる部隊は密かに構築されつつあった包囲陣からの脱出に成功する。蒼の騎士団は牽制するエリスの第二部隊と重厚な防御陣を展開した重装歩兵連隊を前にして、早々に追撃の断念を選択した。

（今回の戦いは長引きそうだね……）

蒼の騎士団の殺気を一身に浴びながら、オリビアは本陣へと帰参した。

V

ターナ平野の北西に位置する高地に本陣を築いたフェリックスは、伝令兵から語られる開戦の一報に耳を傾けていた――。

「――報告は以上となります！」

伝令兵は甲冑の音を響かせながら足早に去って行く。陣場には総司令官であるフェリックスのほか、副官のテレーザ中尉や親衛隊の隊長を務めるマシュー少佐。そして、フェリックス旗下で勇猛を馳せる将校たちがずらりと居並んでいるが、しばらく口を開く者はいなかったとデュベディリカ大陸史に記録が残されている。

（それにしてもまさかあのときの可憐な少女が死神だなんて……）

かつてキール要塞で行われた捕虜交換の折、王国軍の案内役を務めたテレーザは、初めてオリビアを目にしたときのことを思い出していた。

嫉妬を覚えるのが馬鹿らしいほどの美しさと、若くして准尉の階級を得ていることに驚かされたことを今でも覚えている。

（捕虜交換の儀が終わった後、閣下の様子が少しおかしかった。多分あの時点で少女が危険な存在だと気づいていたのなら合点がいく。まぁ今さらの話ですけど……）

テレーザは運ばれてきたホウセン茶に手を伸ばすフェリックスを見る。少なくともほかの者たちに見られるような緊張をフェリックスから感じることはなかった。

「……まさか総司令官自らが一騎駆けを行うなんて……とても正気の沙汰とは思えません」

　口火を切ったマシューの言葉に余程共感を覚えたのだろう。居並ぶ者たちが皆、一斉に力強く頷(うなず)いた。堰(せき)を切ったようにオリビアに対する様々な会話が飛び交う中、黙って話を聞いていたフェリックスは手にしたホウセン茶を少量すすり、静かにテーブルへと置く。ただそれだけの動作で皆の視線がフェリックスに集中した。

「今回の件でよくわかったことがあります」

　澄んだ水のようなフェリックスの美声は、否応(いやおう)なしにこの陣場にいる者たちを虜(とりこ)にしていく。その様子をテレーザはどこか粛然とした思いで見つめる。

「確かに死神が初手に打った手は常識から大きく逸脱したものだと言えます。ですがそのあとの動きはまさに機を見るに敏といったところでした」

「……その、つまりどういうことですか？」

　ひとりの将校がたまらずといった感じで声を上げた。

「つまり死神オリビアと彼女が率いる第八軍は尋常ならざる相手だということです。少なくとも常識という枠の中で戦っていてはこちらの足をすくわれます」

　非常識な戦術と相反するような計算し尽くされた戦術。本来なら水と油のように決して混じり合わないものだが、しかし、オリビアは見事に融合させている。確かな戦術眼をもつバイオレットをいきなり出し抜いたのも頷けるというもの。きっと彼女は小さな舌打ちでもしたに違いない。フェリックスは最後にそう言って、ささやかな笑みを落とした。

将校たちは再びオリビアの名を口々に上げ、不安の色を顔に滲ませていく。そんな彼らの不安を払拭するかのように、フェリックスは柔らかな口調で言った。

「機先は制されましたが戦いはまだ始まったばかりです。それに私が見たところ兵の練度は蒼の騎士団が数段勝っています。油断できない相手に変わりはありませんが過度に恐れる必要もありません。それは蒼の騎士団を率いるこの私が保証します」

居並ぶ者たちの顔に見る見る覇気が戻っていく。蒼の騎士団が絶対的な信頼を寄せるフェリックスの言葉は、それだけで彼らを奮起させるには十分だった。

「では閣下。今度は我々の番というわけですな」

マシューが陽気な笑顔で膝を叩く姿に、フェリックスは強く首肯する。

「マシューの言う通りです。死神オリビア率いる軍相手に出し惜しみをするつもりは毛頭ありません」

フェリックスは自信に彩られた笑みを浮かべて最後にこう会話を締め括る。

力を存分に発揮できれば勝利の天秤は自ずと蒼の騎士団に傾く、と。

Ⅵ

開戦から四日あまりが経過した天頂の刻。ガウス・オズマイアー大尉は、ターナ平野の南西に広がる泥深い沼の手前に陣を張り、第八軍を象徴するヴァレッド・ストーム家の紋章が描かれた戦旗を高らかに掲げた。率いる兵士はおよそ三千。その多くがかつてオリビアの下、数々の戦場を共に駆け抜けてきた元独立騎兵連隊の兵士たちで占められている。第八軍においてガウス率いる連隊が精鋭であることを疑う者はいなかった。

「――しかし随分とまぁ思い切った手を打つことで……」

副官であるスラッシュ・レイスが唇を歪めれば、ガウスはお返しとばかりに獰猛な笑みを浮かべて見せる。

周囲を丘に囲まれ且つ足場が悪い湿地帯をあえて戦場に設定したのは、伊達や酔狂からではない。ここに来るまで数度の小競り合いを経て抱いた蒼の騎士団の感想は、紅の騎士団の打撃力と天陽の騎士団の守備力を兼ね備えたまさに帝国最精鋭と呼ぶに相応しいものだった。

兵の練度は明らかに蒼の騎士団が上のため、まともにぶつかるのは愚の骨頂。少しでも実力の差を埋めるためには搦め手を駆使するよりほかない。いざ泥沼での戦いともなれば、両軍共に足を取られるのは必定だろう。予め兵士たちに最低限の軽装備しか許可していないのは、防御を捨ててでも動き易さを重視した結果である。

「敵さんはこちらの思惑に都合よく乗ってくれますかね？」

「乗ってくれるかどうかはお前次第といったところだ」

「はあ？　なんで俺次第なんすか？」

スラッシュは元々間の抜けた顔に、さらに間の抜けた顔を上塗りする。ガウスはスラッシュの視線を軽く流し、無数の傷が刻まれた肩当てに向かって勢いよく手を置いた。

「痛ッ！——いったいなー。肩の骨が外れたらどうするんすか。隊長と違って俺の体は繊細にできているんすよ。馬鹿力で叩かんでください」

「俺はな。お前には絶対に勝てないと断言できるものがある」

「隊長が絶対に俺に勝てないもの？……顔の良さですかね？」

ガウスは真面目な顔で言うスラッシュの頭をしたたかに殴りつけ、にたりと笑う。

「わからんか？」

「わからんもなにも逆にあり過ぎてわからないすっね」

頭を擦りながらなおも軽口を叩き続けるスラッシュの両頬を摑んだガウスは、思い切り横へと伸ばした。

「それだよそれ。その不遜極まりない言葉を蒼の騎士団にも存分にくれてやれ」

「わはったはら！　わはっひゃからひっぱりゅのふぁひゃめて！」

降参とばかりに両手を上げるスラッシュ。ガウスは頬を弾くように両手を離した。

「はぁ……要するに敵さんを煽ってこの泥沼に引き込めと、そう隊長は言いたいんすか？」

「そうだ。お前がもっとも得意とするところだろ？」

巧みな話術をもって敵を籠絡するのも戦術のひとつ。そういう意味でスラッシュはまさにうってつけの人物だといえた。なにせ舌から生まれ出てきたような人間だ。

しかし、そんなスラッシュをすら上回る人間をガウスはひとりだけ知っている。

（あれだけは俺にも手が負えねぇときているからな）

今は別部隊の指揮官をしているエリスは、スラッシュとは比べ物にならないほど扱いづらい人間ときている。彼女の前ではスラッシュも口の動かし方を忘れてしまったかのように振る舞う始末だ。

スラッシュは赤くなった頬を仏頂面で擦りながら、

「色々と言いたいことはありますが、まぁ命令とあらばやるっすよ。ただ相手が挑発に乗ってこなくても責任は一切持たないっすから」

「そんなに心配しなくても必ず乗ってくる。その点に関しちゃお前の剣の腕なんかよりよっぽど信用している」

「そりゃどうも。嬉しすぎて涙が出る思いっす」

スラッシュが流してもいない涙をこれ見よがしに拭ってから小一時間あまりが経過した

のち——。

「——隊長がお待ちかねの敵っすよ」

ガウス率いる軽装歩兵連隊は、蒼の騎士団の部隊と会敵した。

見るからに深そうな泥沼の先で陣を張っている第八軍を発見したフィース・レダ大佐は、全隊に向けて一時停止の命令を下した。

「——明らかにこちらを誘っていますね」

副官の言葉にフィースは無言で頷く。敵が沼地での戦いを望んでいることはすでに明白であり、その事実が示すところはただひとつ。彼らは実力の差を地形効果によって少しでも埋めようとしているのだろう。しかし、彼らにとっての誤算は遭遇した相手が蒼の騎士団の中でも精鋭に属する部隊であるということ。

「誘いに乗ってみますか?」

平素と変わらぬ副官の態度を油断ではなく余裕の表れとフィースは見て取った。

「それも一興だが奴らの思惑通りに動いてやる必要も……?」

陣営内の兵士の多くが指をさしながらにわかにざわつき始める。

ざわつきの元に視線を送れば、王国兵士がたったひとりで近づいてくる。今さら古い慣習を持ち出して口上でも述べるのかと思ったが、フィースから見た王国兵士は部隊を率いる指揮官の風格を有してはいない。精々が副官止まりといった感じだ。

　ならば罠かと疑ったが、そもそもここは泥沼が広がるばかり。罠を仕掛けるのにこれほど適さない地もない。

（まさかとは思うが白旗を上げるつもりか？）

　弓を射かけようとする兵士たちを制止しつつ動向を見守っていると、味方と敵のちょうど中間の位置で足を止めた王国兵士が朗々とした口調で話し始めた。

「誉れ高き蒼の騎士団様に告げる！　我々は泥に塗れた、それこそ泥臭い戦いを望んでいるが貴殿らはどうか？　いいや。答えを聞かずとも俺にはよーくわかっている！　これ見よがしに綺麗なべべを着た誉れ高き蒼の騎士団様が躊躇しているということを！　ならばケツをまくって帝都へ帰るがいい！　そもそも今さら戦場にのこのこ姿を見せるなど笑止千万！　誉れ高き蒼の騎士団様は今まで通り王国軍の影に怯え、帝都の貴婦人たちのスカートの中で身を隠しているのが性に合っている！　なによりも！　なによりもだ！　その綺麗なべべが一切汚れることがない！」

　怒りの熱風が部隊から放たれるのをフィースは全身から感じた。手がヌメッていることに気づき視線を手綱に向ければ、深く食い込んだ爪の隙間から血が滲んでいる。

「今一度誉れ高き蒼の騎士団様に告げる！　綺麗なケツをまくって帝都に逃げ帰るがいい！　子供の絵空事のごとき宣言をし、無用な戦争を引き起こした賢帝改め愚帝ラムザの下へ！」

王国兵士がくるりと背を向けたかと思えば、今度はいきなり下半身の衣服を脱ぎ出し、あまつさえ自らの手で尻を大げさに叩いて見せる。

怒りの熱風は吹き荒れる紅蓮の炎へと形を変え、部隊を丸ごと焼き尽くそうとしていた。

「——乗りますか？」

再び同じ質問を口にする副官。だが、その表情は一変している。鬼ですら逃げ出すのではと思わせる形相で件の王国兵士を睨みつけていた。

フィールは懐から取り出した手ぬぐいで血を綺麗に拭い、従卒から差し出された絢爛な長槍を力強く握り締めた。

「百歩譲って我々のことはいい。だが、一兵卒の分際でありながら皇帝陛下を侮辱したことは断じて看過できぬ。もはや地獄に叩き落とすだけでは生温い。——全部隊に告ぐ。目の前の王国軍を殲滅せよ」

慌てて逃げ出す王国兵士に向かって、濁流のごとき速度で蒼の騎士団が追う。

死喰い鳥の群れが高みの見物とばかりに青空を旋回していた。

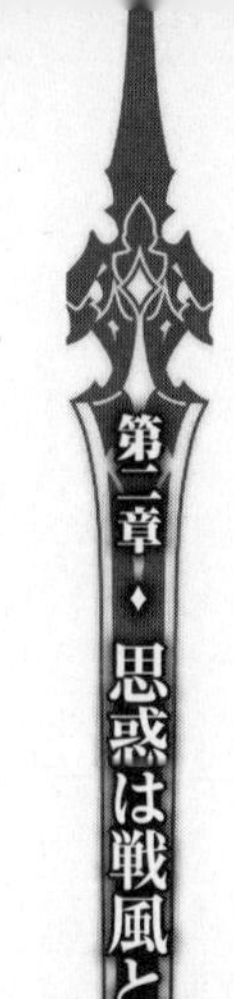

I

帝国領北部　白亜の森

人の力が及ばない白く閉ざされた世界があった。暴虐が跋扈し無慈悲が当たり前の世界の片隅に、丸太で組まれた小さな建物を見出すことができる。

闇すらも凍てつかせるような雪風が猛威を振るうも、窓を照らす仄かな灯りがそこに小さな安らぎがあることを知らしめていた。

「ラサラが考え事をするなんて珍しいね」

ゆり椅子に背を預けながら暖炉の火を見つめるラサラの視界を、妖精シルキー・エアーが遮ってくる。振り払おうと手を伸ばすも、あっさりと躱されてしまった。

「はぁ……呑気極まるどこぞの妖精と一緒にするでない」

「失礼だね。ラサラは僕以外の妖精を見たことがないから知らないのも無理ないけど。僕くらい色々考えている妖精なんてほかにいないよ」

むんずと腕を組んだシルキーが、頬をぷくりと膨らませて言う。

確かにシルキー以外の妖精をラサラは見たことなどない。だからといってシルキーの言葉をそのまま鵜呑みにするのもラサラ的には癪に障る。

以前、ラサラは仲間の妖精のことを尋ねたことがあった。シルキーの説明によれば妖精は非常に臆病で用心深いらしく、少しでも人間がいる場所には決して近づかないらしい。ではなぜ人間である自分に近づいたのかと問えば、『僕は臆病でもないし、なにより面白そうな人間だったから』と、得意げに失礼なことを言っていた。

要するにシルキーは変わり者なのだろうと、当時のラサラはそう思ったものだ。

「そこまで豪語するならあえて聞こう。お主が一体なにを考えているのか」

言えばシルキーは艶やかな笑みを見せた後、優雅にその場で一回転して見せる。黒色のドレスが華やかに広がるその様子を、ラサラは自分でも驚くほどの無感情で見つめていた。

「――それがお主の言う考えていることなのか？　さっぱりわからぬ」

「え!?　わからないの!?　これだよ！　これ！」

フリルがふんだんにあしらわれた裾を摑んで何度も左右へ広げてみせるシルキーに、苛立ちと比例して自身の目がこれ以上ないほど鋭利になるのがわかる。

シルキーは失望したとばかりに首を左右に振った。

「ラサラも随分年を取ったみたいだね」

「お主に言われずとも承知しておるわ！」

秘術〝延命の法〟により、ラサラは御年二七七歳と四ヶ月。普通の人間の優に三生分くらいは生きている計算だ。今さら指摘されなくとも、わかりすぎるくらいわかっている。

「で、そのドレスがなんじゃと言うのだ？」

「確か今のラサラは耄碌したって言うんだよね？」

これ見よがしに大きな溜息を吐くシルキーに、ラサラは口まで出かかった文句をなんとか飲み下した。ここでシルキーと言い合ったところで益などなにひとつないからだ。

ラサラは口を開く代わりに顎を突き上げて話の続きを促す。

「この黒のドレスをラサラは初めて見るでしょう？」

「いちいちお主の着ているものに興味などないが……まぁ初めて見るものじゃな」

「このドレスはね。今度フェリックスが遊びに来たときのために、寝る時間を削って仕立て上げたものなの。どう？　これでもラサラは僕がなにも考えていないっていうの？」

鼻を蠢かし、顎をツンと上げ、最後に流し目をくれるシルキー。聞いてみれば心底どうでもいいことで、しかもこの妖精は一日のほとんどを寝ていたりもする。

つまり説得力は皆無に等しく、真面目に付き合った自分が阿呆と見るべきだろう。

「はぁ……下らん話に時を費やしてしもうた。我ながら情けない」

「下らなくない！　フェリックスのことを考える以上に考えることなんてほかにないよ！」

蝿のごとき鬱陶しさでラサラの周囲を飛び回り、隙あらば蹴りを入れてくるシルキーに対し、ラサラは苛立ち紛れに左手をかざす。左手の甲に刻まれた神光玉の魔法陣が一瞬だけ光を放ち、シルキーを小さな牢屋というべき箱へ閉じ込めることに成功した。

閉じ込められたシルキーは口をポカンとさせ、次に格子をガシリと摑んだ。

「いきなり魔法を使うなんてズルいぞ！」

「少しは大人しくしておれ。こうもうるさくては考え事ひとつできん」

「ふんだ！　こんなへっぽこ魔法、僕の魔法でバラバラに壊してやる！」

鼻息を荒くしたシルキーが全身を淡い光に包む。これは魔法を発動した証だ。魔法士は甲に刻まれた魔法陣を触媒にして魔法を発動させるが、妖精は必ずしも触媒を必要としない。魔法を行使する上でどちらがより優れているかは火を見るよりも明らか。

が、本人の思惑通りに牢屋が壊れることはなく、顔を真っ赤にしたシルキーはめったやたらに格子を蹴り始めた。

「なんで壊せないんだよッ！」

「仮にもわしは大魔法士じゃ。あまり舐めてもらっては困る。――それにいくら着飾ったところで小僧はしばらく来んぞ」

ラサラの言葉に呼応するかのように、シルキーの蹴りがピタリと動きを止めた。

「なんで？　なんでなんで？　なんでフェリックスはしばらく来ないの？」

「奴は今くだらん戦争の真っ最中だ」

「え、戦争してるの⁉　じゃあフェリックスを助けに行かなきゃ！」

「行かんでよい」

「やだ！　心配だもん！」

「お主が行ったところでなんの助けにも」

そこまで言ってラサラは強引に口を閉じる羽目になる。シルキーが魔法を使えば、帝国軍にとって大きな力となるのは目に見えている。

片頬に笑みをたたえたシルキーは、見せつけるように前髪を掻き上げた。

「なんの助けにも、なにかな？」

「……本当に小生意気な妖精だ。いつかも言うたが外の世界に一歩でも踏み出したら最後、お主など格好の玩具だ。のろまな人間なんかに捕まるわけがないって」

「僕も言ったよね。それとも進んで道化師になりたいのか？」

シルキーはべーっと舌を出す。本当に子守は性に合わんと思いながらも、ラサラはもうひとりの子供について思いを巡らせる。

（シルキーの言いぐさではないが小僧のことが心配なのは確かじゃ。なにせ小僧の相手は例の深淵人らしいからな……）

漠然と続く不安を鑑み、情報収集のため帝都に放った使い鳥からもたらされたのは、フェリックスが自ら軍を率いて帝都を発したという事実。

　さらに詳細を追えば相手は死神の異名を持つ深淵人、オリビア・ヴァレッドストーム率いる軍であることがわかった。

（やはり今回ばかりは高みの見物というわけにもいかぬ。重い腰を上げねばならんようじゃな）

　ラサラはパチリと指を弾き、シルキーを閉じ込めていた牢屋を跡形もなく消し去った。

　瞬間互いの目が合い、シルキーは拳を振り上げながら突っ込んでくる。

　ラサラはシルキーの背後に手を回して片羽を摘み、自分の顔に近づけた。

「羽は妖精の命だぞ！　放せッ！」

「これから出かけるぞ」

「え？　出かけるって……もしかしてフェリックスのところに行くのか⁉」

　驚きと喜びが入り混じった表情を浮かべるシルキーへ、ラサラは鷹揚に頷いて見せた。

「そうじゃ。お主を置いて出掛けるのもなにかと不安じゃからな」

「うんうん。この際なんでもいいよ。フェリックスのところに行けるならね！」

　ラサラが羽から手を離した途端、シルキーは星屑の軌跡を描きながら部屋中を飛び回る。

　だが、すぐに動きを止めると今度は不安そうな表情をラサラに向けてきた。

「ねぇ。このドレス似合ってる？　フェリックスは喜んでくれるかな？」

言動はまことにあれだが容姿はラサラの目から見ても申し分ないので、基本なにを着ようがそれなりに似合ってしまう。しかも、黒はただでさえ女を美しく見せる色。フェリックスの好みなど知る由もないが、如才なく褒めることだけはわかる。

不安の色を濃くするシルキーを見て、不意にラサラの中で悪戯心が芽生えてしまう。内心で邪悪な笑みを膨らませるラサラは、わざとらしく頬をひと撫でして言った。

「黒のドレスも悪くはないが……わしなら白を選ぶな」

「白？　うーん。実を言うと白ってそんなに好きじゃないんだよねー……」

シルキーは腰を左右に捻りながらドレスを確認している。ともすれば崩れそうになる顔を抑えるのに苦労する。

「知らないようだから教えてやろう。人間の世界では結婚時に身につけるドレスは白と相場が決まっている。シルキーの顔が見る見るうちに赤みを帯びていく。

言えば、シルキーの顔が見る見るうちに無垢な心を表現する意味でな」

「結婚……フェリックスと結婚……結婚……」

シルキーはうわ言のように結婚という言葉を繰り返す。ラサラの前をまるで羽が傷ついた蝶のようにふらふらと飛びながら、最後はテーブルの上にちょこんと座った。

「どうした？」

声をかけるも返事はない。試しに目の前で手を振ってもまるで無反応だった。

（ちと冗談が過ぎたか？）

しかし、これはこれで大人しくなってよいと、ラサラは早速身支度を始めるのであった。

Ⅱ

神国メキアを統治する第七代聖天使ソフィティーア・ヘル・メキアは、それぞれの戦場に向けておびただしい数の梟（ふくろう）を放っていた。

ひとつの節目ともいえる戦いの状況を余すことなく報告させ、神国メキアのあるべき未来に向けて確かな道筋をつけるためである。

神国メキア　ラ・シャイム城　ソフィティーアの私室

ゆらゆらと揺れる暖炉の灯火（ともしび）が部屋を優しく彩る。

見た者を桃源郷に迷い込んだと錯覚させても不思議ではない、羽衣のようなひらひらとした薄紫色の部屋着に身を包むソフィティーアは、紅茶で満たされたティーカップを片手に、部屋の中央にどっしりと置かれたテーブルに向かって歩を進める。

テーブルの上には絢爛（けんらん）な彫り物が施された黒塗りの盤が三つ並べられ、それぞれの盤上には多くの駒が置かれている。

ソフィティーアは中央の盤上に手を伸ばすと、黒一色に染まった駒をしなやかな指先で摑み、灰色の駒が整列する手前に向けて静かに置いた。

（それにしてもさすがオリビアさんですね。わたくしの想像を上回る動きをしてくるとは。やはりそうでなくてはなりません）

梟からキール要塞の開戦が伝えられてからおよそ一ヶ月後。別の梟からもたらされた蒼の騎士団と第八軍の初幕は、ソフィティーアに大いなる驚きと胸の高鳴りをもたらした。

過去の戦史を振り返らずともわかる。三万の、それも最精鋭と謳われる敵軍を前にして一騎駆けを行うなど前代未聞。普通に考えれば錯乱したとしか思えないその行動も、しかし、破格の武威を持つオリビアであれば別の話。是が非でも手中に収めたいオリビアは、蒼の騎士団の陣中を真っ二つに割りながら魔人の如く突き進んだという。

ソフィティーアはティーカップに口をつけ、次に同じ盤上にある白一色に塗られた駒に視線を移した。

（序盤は第八軍が制した。でもこのままで終わるほど相手は、フェリックス・フォン・ズィーガーが率いる蒼の騎士団は甘くないはず）

フェリックスの個としての強さは、魔法士であるアメリアやヨハンを退けたことからも折り紙付き。すでに人外の領域に足を踏み入れているのは間違いない。問題は統率能力だが、序盤こそオリビアの一騎駆けに翻弄されたものの、早々に持ち直している。

まだ正確に判断できるほどの材料が揃っていないが、それでも及第点以上の指揮能力は有しているとソフィティーアは判断した。

（報告を聞く限り、やはり兵の練度に大きな差があると見ていい。戦いが長引けば長引くほど蒼の騎士団が有利になるのは否めない。オリビアさん率いる第八軍が勝利を手にするためには……）

ソフィティーアは柔和な顔をしたひとりの青年を思い浮かべる。

――アシュトン・ゼーネフィルダー。

非凡な能力を遺憾なく発揮し、蒼の騎士団と第八軍の一騎討ちを成し遂げた青年。彼の采配がどの程度戦場を支配できるかで、蒼の騎士団との差は縮みも広がりもする。

帝国軍が敗北を重ねた背景はオリビアを御しえなかったこともさることながら、燦然と輝く光の影で暗躍するアシュトンの存在に気づけなかったという一言に尽きる。

（光ばかりを見ていると影の存在を忘れがちになる。その典型的な例ですね）

ふと窓に映る自分の煽情的な姿を一瞥し、ソフィティーアは再び盤上に視線を落とす。

基本後悔という言葉を知らないし、なんら生産性のないことに思いを巡らすほど神国メキアを統べる者は暇でもない。だが、アシュトンのことは心のどこかにいつも引っかかっていた。彼の性格を考慮し、聖翔軍に引き入れることを早々に断念したことを悔やんでいるわけではないが、多少なりとも未練は残っていたのだと自己分析する。

未だ恋というものを知らないし、また知りたいとも思わないソフィティーアだが、それでもアシュトンがオリビアに惹かれていることはわかる。そもそも人の機敏に疎いようでは一国を統べることなどできようはずがない。

（まあ例外な方もそれなりにいるようですけど）

真っ先に思い浮かぶのは、ファーネスト王国の国王であるアルフォンス・セム・ガルムンド。言うまでもなく凡庸そのものを地でいく人物。それだけならまだしも、地の底まで落ちた大国の盟主であることを恥とも思わず、また自ら貶めた自覚もないまま怠惰に生きている。ソフィティーアがもっとも唾棄する人間だ。

多少の色香を匂わせただけで鼻の下をこれ以上ないほど伸ばし、あまつさえこちらが気を許したと勝手に思い込み、果ては馴れ馴れしい口調で話しかけてくるその姿に、さすがのソフィティーアも顔が引き攣りそうになったことはよく覚えている。

そんな愚王が統べる国がなんとかここまで生き延びることができたのは、オリビアやアシュトンの力もさることながら、軍の上層部がそれなりに優秀であることが大きい。

王国で開かれた晩餐会の折、良い機会だからと上級軍人の何人かと会話を交わしてみたが、そのうちのひとりであるコルネリアスはさすがに一歩も二歩も抜きん出ていた。

あたりがよく穏やかだがその懐は底を感じさせないほど深く、その瞳は全てを見透かしているような光さえ湛えている。

仮定の話をしても詮無き事。だが、もしもコルネリアスが王であったなら、今日の王国の状況はまるで違うものになっていただろう。

（いけませんね。思考が横道に逸れてしまいました）

今考えるべきはアシュトンのこと。アルフォンスでもコルネリアスのことでもない。

（彼のことが心配だからオリビアさんは王国軍に残ると言っていました。あのときのわたくしは彼がいなくなれば憂いがなくなると考えましたが、今にして思えば大きな間違いでした）

まず引き入れるべきはオリビアでなくアシュトン。オリビアが王国に対して忠誠心の欠片も持っていないのはわかり切っている。アシュトンがオリビアに自ら願い出れば、首を縦に振る可能性はそれほど低くないはず。張り付くようにオリビアの傍にいたクラウディアという女騎士も、オリビアが自ら出ていくのを止められるとは思えない。

ヨハンから聞かされていた話と併せて梟に調べさせた彼の人となりは、裏切りを是とはしない。金で転ぶような人間でないことも調査済み。現時点で言えば、引き込むための有効な手段は皆無と言ってもいい。

（こちらに引き入れるためにはどのような形であれ、一旦戦争を終わらせる必要がありますね。彼は元々徴兵された身の上。戦いを好む性格でもない。戦争が終われば間違いなく除隊するでしょう。そして、オリビアさんも後顧の憂いがなくなる……）

この戦いでソフィティーアが望むことはただひとつ。帝国軍と王国軍がただひたすらに喰らいあうことである。第八軍が見事皇帝ラムザの捕縛に成功すれば、帝国は必ず和平交渉を持ちかけてくるとソフィティーアは踏んでいる。王国が逆侵攻に打って出た理由。連戦連勝で気運が高まっていることもあろうが、それ以上に疲弊して戦争を継続させる体力がないのだ。王国は帝国の和平交渉に必ず乗ってくるだろう。

神国メキアにとってはそこからが本番。王国から割譲された領土を足掛かりにして経済面で徐々に王国の力を削ぎ落していきながら、その間にオリビアやアシュトン、ほかにも有能な人材を集めて力を貯め込んでいく。これにはどんなに早くとも数年の時は必要とする。

王国を完全に手中に収めた段階で大陸統一を宣言。弱体化した帝国軍を駆逐すれば、日和見的な動きしかできないサザーランド都市国家連合などは、十中八九恭順の意を示してくる。大陸の四分の三を支配できれば、残された小国などあってなきが如し。

実際には言うほど簡単ではなく、様々な障害が待ち受けていることだろう。それでもやり遂げる確かな自信がソフィティーアにはあった。

再び窓に視線を流せば、寒夜はさらにその濃度を増している。

映るその表情は凄惨な笑みに彩られていた――。

聖翔軍　本陣

「ラーラ聖翔に申し上げます。第七機動翔隊、予定通り要塞右側防塔に向けて攻撃を開始しました」

「報告ご苦労」

「はっ！」

「……およそ馬鹿馬鹿しい戦いぶりだとは思わんか。これでは王国軍に力量を示すどころか衛士の調練にすらならん」

虹色の光彩を受けて輝きを放つ銀色の戦車上、ラーラ・ミラ・クリスタル聖翔は、眉間に皺を刻みながら戦場を冷淡な瞳で見つめている。

ラーラが聖翔軍を大陸随一の軍隊に育て上げようとしているのは、上級千人翔たるヨハンも知るところ。

手綱だけはしっかり摑んだまま不規則な間隔で首を揺らす十二衛翔が筆頭、ヒストリア・フォン・スタンピード上級百人翔を横目に、ヨハンは苦笑交じりの声で答えた。

「ラーラ聖翔、失礼ながらこれは調練ではありません」

「脳筋のラーラにとって戦場は兵士を鍛える調練場と同じ。だからなにを言ったところで無駄ですぅ……」

ヒストリアの言葉にヨハンが振り向けば、瞳は依然として閉じられたまま。首も相変わらず上下に揺れている。

ヨハンが呆れていると、ヒストリアが突然叫び声を上げた。

「痛ッ!!……ちょっと痛いじゃないのっ!」

ヒストリアが頭を抱えながらキッと戦車を睨みつければ、ラーラは極寒の地を思わせる視線をヒストリアに浴びせる。

「戦争の最中に居眠りする奴が悪い」

もっともだとヨハンも思った。聖翔軍の総督たるラーラの目の前で堂々と居眠りするなど、神経の図太さは真似しようとしてもできるものではない。

ヒストリアもさすがに反論の余地がないらしく、不満そうに唇を尖らすだけだった。

(それにしてもさすがラーラ聖翔だな)

ヒストリアの頭を打ったのは間違いなくラーラの魔法によるもの。簡単な仕業に見えて実はそうではない。おそらく空気を圧縮した塊のようなものを放ったのだろうが、人間を小突く程度に威力を留めるのは、微細の極致ともいえる魔力操作が必要となる。

ラーラがヨハンやアメリアを圧倒するのは、体内に有する膨大な魔力量でもなければ不可視な風の刃でもない。ラーラの神髄は瞬時に魔法を構築する才能にある。

たとえば規模の大きな高位魔法、ヨハンが得意とする風華紅細雨やアメリアの千羅繚乱などは相当な魔力を必要とするも、魔力操作の観点から言えば特別高度なことをしてい

るわけではない。ラーラが見せた魔法のほうが余程高難度だ。しかし、瞬きのような時間でやれ
時間をかければヨハンでも似たようなことはできる。しかし、瞬きのような時間でやれと言われては、早々に白旗を上げるしか手がない。

感心してラーラに視線を送れば、なぜか不満そうな視線と重なった。

「不服か？」

「なにがですか？」

「戦場で兵士を鍛える云々の話だ」

「ああ、そのことですか。別に本気で言ったわけじゃありません。所詮は他人の戦場です。俺はただヒストリアの目を覚まさせた手腕に感心していただけです。やはりラーラ聖翔は天才だなと」

しばしヨハンを見つめたラーラは、無言のうちに正面へと視線を戻す。妙な間があったことにヨハンが首を傾げていれば、ヒストリアが馬ごと体を寄せてきた。

「あれは褒められて喜んでいるだけなので気にしなくて大丈夫です。その証拠にほら」

さりげなく示された指の先を追えば、ラーラの耳がほんのりと朱に染まっていることが確認できる。ヨハンにとっては珍事と言っていい光景だった。

「ああ見えて結構可愛いところがあるんですよ」

片目をパチリと閉じて微笑むヒストリア。彼女の耳元で勉強になったとヨハンが囁けば、

「──全部聞こえているからな」

無機質なラーラの言葉に首を竦めたヒストリアは、前線の視察に出ると言って逃げるように馬を駆けさせる。今さら自分も視察に赴くとは言えず、出遅れた感は否めない。

気まずくなった場を持たせるため、ヨハンは咳払いをひとつ落として言った。

「しかし、彼女の戦術には参りました」

彼女とは当然オリビアのことである。単騎で三万の群れに飛び込むなど誰が想像できるというのか。相も変わらず常識の埒外にいる少女だと、ヨハンは大いに笑ったものだ。

「あんなものは戦術でもなんでもない。もはや奇術の類だ」

「そう言われると返す言葉もありませんが、それでも効果的であったのは事実です」

ラーラはふんと鼻を鳴らして不快感を露骨に表す。彼女は奇策などを用いもしないし、また必要ともしない。経験によって裏付けされた戦略や戦術、命令を完璧に遂行できる強靱な衛士こそが全て。そんなラーラにとって梟からもたらされたオリビア一騎駆けの報は、酷く粗雑なものに聞こえたのだろう。

(これ以上彼女の話を続けても機嫌が悪くなるばかりだな)

オリビアの話はこれまでとし、ヨハンは改めてラーラに尋ねた。

「ところで魔法を使うなとの命令でしたが、王国軍が不利な状況に陥っても命令に変更はありませんか？」

　ヨハンに斬るような視線を向けてきたラーラは、

「命令に変更はない。ヨハンも聖天使様のお言葉を聞いただろう」

　にべもなくそう言われ、ヨハンは小さく肩を竦めた。

　聖翔軍に魔法士がいることを王国軍は知らない。今の世では奇跡と同列に語られる魔法士が味方にいるとわかれば、王国軍は嬉々として魔法の行使を打診してくることだろう。

　片や帝国軍はアストラ砦に対する奇襲攻撃。そして、ストニア公国軍との戦争で大々的に魔法を披露したことからも、神国メキアが複数の魔法士を抱えていることは当然把握しているはず。魔法士の恐ろしさも十分承知しているはずだから、聖翔軍が参陣していると いうだけで帝国軍は必要以上に警戒する。

　それだけで強い牽制になるというのがソフィティーアの見解だ。

（今のところ帝国軍に目立った動きはない。指揮するのがベルリエッタ卿である以上、このまま大人しくしているとも思えないが、魔法士を警戒しているのは確かにそうだろう。……しかし魔法どころか魔術などという反則級の力を有する者が身近にいると知ったら王国軍はどんな反応を見せ、帝国軍はどれほど心胆を寒からしめることか……）

　ヨハンに披露した魔術を仮にオリビアが行使した暁には、趨勢は瞬く間に王国軍へと傾く。これは予言でなく確信であり、水が上から下に流れるようにわかりきっていること。

　その一方でオリビアが魔術を使わないこともヨハンは知っている。なぜならゼットなる

人物と交わした約束を忠実に守っているからに他ならない。そし
(たとえ魔法を使わなくてもこの戦いの鍵を握っているのはオリビアで間違いない。そしてもうひとり鍵を握る人物は……)

オリビアと対になるような美貌を有し、帝国最強を冠する青年の名はフェリックス・フォン・ズィーガー。一対一の戦いにおいてヨハンが初めて敗北した男である。

戦争は決闘ではない。個人の勝敗如何によって戦争が終わったり、また始まったりすることなどあり得ない。しかし、今回に限ってはフェリックスとオリビアの二人が最終的に矛を交えることで、一応の決着がつくだろうとヨハンは予感していた。

「──また戦争中に女のことか？」

ラーラが表情をどこかに置き忘れたかのような顔で語りかけてくる。ヨハンは人差し指で頬をポリポリと掻いた。

「前から聞きたかったのですが、ラーラ聖翔は俺が常日頃から女のことしか考えていないと思っています？」

一転、ラーラは酷薄な笑みを殊更に浮かべ、

「違うのか？」

「全く違うとは言いませんし、確かに今も女のことは考えていました。ですが女は女でもそういう女ではありませんのでご心配なく」

迂遠な言い方で否定をしてみれば、御者台に座る黄金の鎧を着た兵士がにやけた笑みを向けてくる。ラーラはスラリと伸びる右足で兵士の後頭部をグイッと踏みつけながら、

「実際ヨハンはどう見ているのだ？」

「どう見ているとは？」

尋ねれば、ラーラは片眉を吊り上げて舌打ちを落とす。

「わかっていることを一々聞くな」

ヨハンは胸に手を当てて一礼した。

「それは失礼しました。オリビアが魔術を使わないことが前提ですが──」

そう前置きした上で、オリビアとフェリックスの実力は伯仲。いざ剣を交えればどちらが勝ってもおかしくないと説明する。

身じろぎひとつしないで聞いていたラーラが右足を元の位置に戻せば、兵士はあからさまに胸を撫で下ろしていた。

「オリビアと魔獣ノルフェスとの戦闘を間近で見て、神国メキアにオリビアを迎えるのは非常に危険だと聖天使様に進言したことがある」

危険害獣であるノルフェスをオリビアが簡単に屠ってみせたことは、以前本人から聞かされていたので知っている。オリビアならさもあらんとそのときのヨハンは思ったものだが、まさか反対を申し出ているとは思ってもみなかった。

「意外ですね。ラーラ聖翔個人がオリビアをどう思うかは別としても、聖翔軍の力が増すなら賛成しているとばかり俺は思っていました」

多少の驚きをもってそう言えば、ラーラは小さな笑みを零した。初めて見たかもしれない自然な笑みを目の当たりにして、ヨハンの心に小さなさざ波が立つ。

「普通の強者であったら喜んで受け入れる。だがあれは正真正銘諸刃の剣だ。私は運を天に任せるような博打は好まない。ヨハンも表立って口にはしなかったが、オリビアを聖翔軍に引き入れることにそれほど賛成はしていないのだろう？」

「……まぁぶっちゃけそうですね。聖天使様はいざ知らず、少なくとも俺に扱える代物ではありませんから」

たとえるなら、オリビアは炎すら焼き尽くす炎。一度でもそんな炎が放たれたら最後、際限なくどこまでも広がり、物、人、最後は国すらも焼き尽くす。オリビアとは多分そういう存在だ。

「聖天使様はオリビアを御しえると考えているが、臣下としては魔獣すら容易く屠ってしまうような相手を身近に置きたくないのは当然だ。魔獣以上の牙がいつ聖天使様に喰らいついてもおかしくないからな」

その意見にはヨハンも同意だ。オリビアがひとつの信念を元に動いているのはわかっている。問題はそれを意図せず阻害してしまった場合、どんな報復が待っているかわからないということだ。

　見えている危険に自ら手を差し伸べるほど、ヨハンは慈愛に満ちてはいない。

「ヨハンの言う通り二人の実力が拮抗（きっこう）しているなら、共に死んでくれるのが神国メキアにとっての最良だ。聖天使様の意向と反することにはなるが、それでも最終的には一番良い結果に落ち着くはずだと私は思っている」

　確信の籠った口調で言うラーラへ、ヨハンは言葉を返さなかった。フェリックスのことは別として、少なくともオリビアの死を望んでいるわけではないからだ。

（死神オリビア、か……）

　王都でオリビアと共に買い食いをした思い出が走馬灯のように甦（よみがえ）る。無邪気な笑顔で焼き串を頬張るオリビアの姿が、夏の日差しのように眩（まぶ）しかった。

Ⅲ

第二連合軍　本陣

　第八軍と分かれたブラッド・エンフィールド大将率いる第二連合軍は、程なくして挟撃の様相を見せていた帝国軍四万と会敵。激戦を繰り広げていた——。

「——敵の動きを見る限り、やはり俺たちをここに足止めすることが狙いか。どうして大した信頼だな……」

続々と届けられる報を受けてブラッドが呟けば、伝令兵に向かって指示を与えていたリーゼ・プロイセ中佐がブラッドの隣へ並んだ。

「早々に決着をつけて第八軍の援軍に向かうという閣下の目論見は難しくなりましたね」

「……俺がいつそんなことを口にした？」

眉間の溝を深くしてそう返したが、実際リーゼの言葉は正鵠を射ていた。ブラッドも決して相手を軽んじているわけではないが、現在相手にしているのは紅でも天陽でも、まして蒼の騎士団でもない。

実際に矛を交えた天陽の騎士団のように圧があるわけでもなく、長期にわたった中央戦線での孤軍奮闘を思えば、今の状況は戦略的にも戦術的にも第二連合軍が有利に事を進めている。多少なりとも欲が出てしまうのは無理からぬことだ。

「口に出してもらわないと閣下の考えのひとつもわからないようでは、その時点で副官失格だと思っています。それになんだかんだ言っても閣下は心配性ですから」

「……まいったね、どうも」

ブラッドは頭をガリガリと搔き毟る。副官としてはこの上なく頼もしいと思う一方で、簡単に思考を読まれる自分は酷く単純な人間ではないかと落ち込んでしまう。

「私は閣下ほどオリビア中将を、そして第八軍のことを心配していません。今までの戦いがそれを裏付けていることもありますが、女はここ一番というときこそ力を発揮するものですから。──それよりも……」

リーゼが鋭い視線を向けた先には絢爛な刺繍が施された戦旗と、血濡れた一振りの剣が印象的な戦旗が互いを主張するように雄々しくはためいている。

アメリア率いる聖翔軍に対してリーゼが快く思っていないのはブラッドも知っているが、それでも表面上は穏やかに接していた。が、ここにきて一気に不満が膨らんだようだ。

「それほど聖翔軍がお気に召さないか？」

「ええ、はっきり言ってお気に召しません。この戦いが始まってから数日が経とうというのに動きがあまりに緩慢です。そのことは閣下もよくおわかりですよね？」

「わかっている。わかっているからこそ好きにやらせているのさ」

リーゼの憤りもわからなくはないが、所詮は虚飾に塗れた同盟である。神国メキアが最終的になにを得ようとしているのかわからないまでも、帝国軍が勝利することはもちろんとして、王国軍が勝利することも望んでいないだろうとブラッドは思っている。

それでも今の第二連合軍にとってアメリアが率いる一万の軍はこの上なく貴重なのだから、戦局が大きく傾かない限りは少なくとも細かな命令を出すつもりもなかった。

「閣下は聖翔軍が裏切る可能性も視野に入れていますね？」

「当然だ。警戒しないほうが余程不自然だろ？」

戦争の歴史とはつまるところ裏切りの歴史である。例を挙げたら枚挙に暇がないが、それが人間を人間たらしめていることをブラッドはよく知っている。だからこそ聖翔軍の背後にアダム中将率いる五千の兵を配置し、堂々と牽制もする。

万が一にもアメリアが反旗を翻した場合、直ちに押さえの役割を担ってもらう。もちろんアダムも承知していることだ。

「………………」

「まぁそう深く考え込むな。俺も色々言ったが今回に限っては手を抜くことはあっても裏切る可能性はないと見ている」

「そう言い切る根拠はなんですか？」

「すでに神国メキアは帝国軍に喧嘩を売っている。ここで王国にも喧嘩を売るようならお里も知れるってものだが、晩餐会で多少なりとも話をした限り、あの女狐は相当な食わせ者だ。このタイミングで下手な博打を打つほど愚かではない。どこかの国の王と違ってな」

最後は頬を歪めて言うブラッドへ、リーゼは「余計な発言は控えてください」と、周囲に気を使いながら諫言する。ブラッドは小さく肩を竦めた。

「……つまり先はどうであれ、今は帝国軍の戦力を削ることに注力している、そういうことですか？」

「そういうことだ。付け加えて言うなら聖翔軍は王国軍に対して力量を示す必要がある。力を示せば示すほど後日の交渉が有利に運ぶからな」

リーゼは眼鏡をクイッと上げ、

「もしかして彼女は我々を焦らして楽しんでいるのですか？」

「聖翔軍がいかに精強なのかを効果的に見せつけたいのさ。なにせプライドが鎧を着ているような女だからな。あれは」

リーゼは「嫌な女」と吐き捨てるように言い、隠すことなく不快感を表した。

「そういうな。向こうには向こうの事情ってものがある。こちらの都合通りとは中々行かないものさ」

そこまで言ってブラッドは、以前アメリアから蛇のように絡みつく視線を向けられたことを思い出し、思わず腕を掻き抱いてしまう。

「まぁ外見がいくら綺麗でも恋人には絶対にしたくないタイプだな……」

「当たり前です！　あんな女、閣下には不釣り合いの極みです！」

鼻息を荒くしながら否定するリーゼを横目に、ブラッドは苦笑しながら胸の煙草に手を伸ばした。

第二連合軍　アメリア陣営

　アメリアが散り乱れる命の欠片を前にして大きな欠伸をしていると、十二衛翔のひとりであるジャン・アレクシア上級百人翔が遠慮がちに声をかけてきた。

「退屈そうですね」

「退屈そうではなく退屈そのものです。せめてフェリックス・フォン・ズィーガーでも入れば存分に楽しめるというものを……」

　この戦場にはフェリックスはおろか、帝国軍最強と謳われる蒼の騎士団もいない。殺りがいがないことこの上ない。

「それもそうなのでしょうが、もうひとつ理由があるように私には思われます」

「もうひとつ？」

　ねめつければ、ジャンは失言とばかりに慌てて口を閉ざす。アメリアは舌打ちをした。

「さっさと言いなさい」

「そ、その……死神オリビアがいないのも退屈のひとつなのかと……」

「――ッ!?」

　すぐさま反論すべく口を開こうとしたアメリアであったが、結局はジャンを睨み続けることだけに終始してしまう。

　アメリアから見たオリビアは意地汚く品位の欠片も感じない。そんな彼女を心底嫌う一方で、敵の恐怖心ですら美しい漆黒の色で染め上げていく華麗且つ残虐な戦ぶりを目にし、アメリアの心がかつてないほど揺さぶられたことも事実。それがまた無性に腹立たしくて仕方がなかった。

アメリアは緊張を張り付かせて直立不動の姿勢を取るジャンに問う。

「あなたはあの女の戦いを見てどう思いました？」

ジャンは一瞬迷うような素振りを見せた後、

「帝国軍が彼女を死神と呼ぶ理由がよくわかりました。もし仮に剣を向けられたら私は裸足で逃げ出す自信があります。〝死〟そのものに抗う術などありませんから」

「まぁあなた程度ではそれも無理ないことでしょうね」

アメリアは目の前のテーブルに置かれている冷めきった紅茶に視線を落とす。

頭の中でオリビアと幾度となく剣を交えたアメリアであったが、結局最後まで勝ち筋を見出すことができなかった。

オリビアの剣技には普通ならあるはずの理がない。人間相手を想定したものではなく、まるで人外の者と戦うために生み出されたかのような剣技なのだ。それはもう剣技と呼べる代物ではない。得体のしれない別のなにかだとアメリアは強く思っていた。

（だからってあの女を認めることなど絶対にない。絶対に！）

アメリアは紅茶を一気に飲み干した。

「ふぅ……。一応言っておきますが、あの馬鹿女がいようがいまいが退屈な戦であることに変わりありません。次に同じ言葉を吐いたらジャンを殺しますから」

ジャンは跳ねるように頭を下げ、

「大変失礼いたしました。——ではそろそろ攻勢に転じてみますか？　消極的な戦いをこれ以上続ければ、さすがにブラッド司令がなにか言ってこないとも限りませんから」

ブラッドがなにを言ってきたところでアメリアにとってはどこ吹く風。気に入らない命令であれば拒否するまでだが、聖翔軍の力は存分に見せつけなければならない。

「……まぁ丁度頃合いでしょう」

焦らすのは精々ここまでにしておくかと、アメリアは後ろ髪を跳ね上げて椅子からゆっくりと立ち上がる。そして、全軍に向けて攻勢の命令を発した。

Ⅳ

第一連合軍　本陣

日を追うごとに空気の冷たさが増していく初冬の曇り空を見上げ、ひとりの老将が言葉にならない言葉を呟く。手入れこそよく行き届いてはいるものの、今では古さを否めない褐色の甲冑に、時代の流れと老いを強く感じて老将の顔に自然と深い皺が刻まれた。

（戦場往来五十年か……）

「いかがされましたか？」

此度の戦において総参謀を命じたナインハルト・ブランシュ少将に声をかけられ、コルネリアス・ウィム・グリューニング元帥は気にするなと左手を軽く上げた。

「大空を自由に羽ばたく鳥たちを眺めていると、人の不自由さをどうにも感じてしまってな。次に生まれるなら鳥にしてくれと、今しがた神に願い出ておったところじゃよ」

唇を綻ばせてそう言えば、ナインハルトが心配そうな目を向けてくる。年寄りはこれだからいかんと内心で叱咤しながら、ナインハルトを傍らへと招き寄せた。

「ところでお主は二十七歳だったな」

「元帥閣下が私ごときの年齢をご存じなのはとても光栄です。しかしそれがなにか……」

困惑した様子のナインハルトをあえて無視し、コルネリアスは話を続けていく。

「わしが二十七のときはすでに妻も子もいた。それを考えればちと遅いと思わんか？」

「……元帥閣下の言わんとしていることはなんとなくわかりましたが……無礼を承知で申し上げれば人それぞれかと。そもそも今話すべき内容ではないと愚考いたします」

ナインハルトが困ったように言えば、コルネリアスの背後に控える三人の王国十剣と親衛隊たちは、こちらの意を組んだようで素知らぬ振りを演じていた。

「それは違うぞ。今だからこそじゃ。――で、お主には好いた者がいるのか？」

困惑の色を深めていくナインハルトは、少々の間を置いて「多分いないと思います」などと、あやふやな言葉を口にする。コルネリアスはただただ呆れてしまった。

「多分とは何事じゃ、多分とは。お主自身のことではないか」

「何事だと申されましても……あまりその手のことは考えてこなかったもので……」

しきりに頭を掻きながら口ごもるナインハルトを見て、コルネリアスは深い溜息を漏らしてしまった。

「なんともはや……無論、武をもって己の身を立てるのは大事なことだ。が、それ以上に大事なこともある」

「……それはなんでしょう？」

「愛する者と結ばれ、次代を担う子を守り育てることだ。ということで今この場でわしがお主の伴侶となる者を決めてやる。よもや文句はあるまいな？」

「は？　伴侶？　は？」

意味のない返事を繰り返すナインハルトは放っておき、コルネリアスは従者を呼びつけ耳打ちする。コクリと頷いた従者は陣幕の外へと走っていった。

程なくして――。

「カテリナ・レイナース大尉参りました！」

敬礼するカテリナをナインハルトと同じく傍らに呼び寄せたコルネリアスは、訝しむナインハルトに向けてにたりと笑い、カテリナの肩に手を置いた。

「ナインハルトよ。この娘がお主の伴侶だ。頭脳明晰。器量も申し分ないときている。お主にはもったいないほどの嫁じゃ」

まるで金縛りにでもあったように固まったナインハルトとカテリナの両名は、やがて錆び付いた扉のように首をギギギと動かし、互いの顔を見つめた。

「カテリナ大尉を私の妻に……？」

「げ、元帥閣下！　ど、どうして！　元帥閣下！　伴侶！　わたしっ！　少将閣下の！　顔が！　私の顔！　なんで！」

今やカテリナはナインハルト以上に意味不明な言葉を羅列している。視線は乱れに乱れ、足は小刻みに左右を行ったり来たりするその様は、コルネリアスが気の毒に思うほど狼狽していることがわかる。それだけに改めてナインハルトへの思いを聞く必要はないだろう。

「ナインハルト少将。度が過ぎるほどの朴念仁なお主とて、今のカテリナ大尉の態度を見れば自ずと理解できるじゃろ」

「元帥閣下っ！」

戦場には似つかわしくない甘い蜜のような声を張り上げながらも、カテリナの視線は頭を掻くナインハルトに強く向けられている。

「……カテリナ大尉では不足か？」

コルネリアスは豊かな髭をしごきながら目を細める。一転して瞳に不安の色を滲ませるカテリナに対し、ナインハルトは慌てて口を開く。

「そんなことは言われずともわかっとる。わしは伴侶としてどうなのじゃと聞いておるのだ。――見るがいい。的外れなお主の言葉で落ち込んでしまっているではないか」

あからさまに消沈するカテリナにナインハルトは大いに慌て、

「も、もちろんひとりの女性としても魅力的だと思っています」

ナインハルトの言葉を聞き、コルネリアスは大きく頷いた。

「言質は取ったぞ。――良かったな、カテリナ大尉」

「元帥閣下……」

「さて、カテリナ大尉の用件は以上だ。下がってよいぞ」

「はい……あの……失礼いたします」

カテリナは色気を滲ませた敬礼をし、戸惑うナインハルトへはにかんだ笑みを向けた後、上気した頬に両手を当てて恥ずかしそうに早足で陣幕を後にする。

ナインハルトは僅かに非難の目を向けてきた。

「これでは今後の指揮がやりにくくなります」

「その程度でやりにくくなるようでは総参謀の名が泣くぞ。お主も一端の男ならここらで腹を括らんか」

「……一端外しますがよろしいですか？」

コルネリアスが強く頷けば、ナインハルトは足早に陣幕の外へと出て行く。立ち去るナインハルトの後ろ姿を苦笑でもって眺めていると、王国十剣の一人であるソリッド・ユング少将が同じく苦笑混じりの顔で近づいてきた。

「我が甥っ子のためにありがとうございます。どんなに良縁が持ち込まれても意に介さなかったようで、あれの両親もほとほと困り果てていたところです」

「そういえばお主の甥御だったな。本来年寄りが口を出す道理もないのだがつい、な」

再び礼の言葉を口にするソリッドに手を振りつつ、コルネリアスは目の前の男と面差しがよく似た娘について尋ねた。

「お主も娘のことで気を揉んでいるのではないか？　将来ユング家を継がせるつもりならそれなりの相手を見つけてやらんと。わしが見ている限り、あの子もナインハルトと似たり寄ったりな性格をしているからな」

「甥っ子のことばかりでなく我が娘クラウディアのことまで心配していただき恐縮するばかりです。――ですが元帥閣下。実はそちらの方はあまり心配していません」

「ほう。その言いようだとすでにおるのか。では余計な詮索であったな」

「まぁ確信があるわけではないのですが……」

暁の連獅子作戦が開始される少し前、帰郷した娘から以前まではなかった艶めいたものを感じたとソリッドは言う。

「なにせあの通りの無骨な娘です。妻は手放しで歓迎していましたが、一方でこうも言っておりました。『きっとあの子は自分の気持ちに気づいていない』と。私も娘と交わした会話は少ないものの、妻と同じ結論に至りました」

「ふむ。それはそれでちと困りものじゃな。あの子が無意識なりにも好きになった相手じゃ。それなりの男であることは間違いない。ただ自分の思いに気づいたときには手遅れだった、なんてことにならなければよいがの」

「こればかりは本人次第なのでなんとも……私も妻もただ見守るだけですから」

「では心置きなく娘を見守っていくためにもこの戦、勝たねばならんな」

コルネリアスがしたり顔でそう言えば、ソリッドは「御意」と戦意を顔に漲らせる。

（そう。是が非でも勝たねば、な……）

再び空を見上げれば一羽の鳥が空を斬るように現れた大型の鳥に捕獲され、命の終わりを告げる鳴き声を響かせる。

コルネリアスはただ沈黙をもって空を眺め続けるのだった。

第一連合軍　ランベルト陣営

「本当に食えない男だ……！」

　最前線で指揮を執るランベルト・フォン・ガルシア大将が誰に言うともなく呟く。

　キール要塞の攻防は一ヶ月を経過してもなお大きな進展を見せることはなかった。元々王国軍にキール要塞を陥落させる意図がないのだからある意味当然なのだが、それ以上にこちらの意図を悟らせないナインハルトの采配の妙が大きい。

　城壁にとりつきたいがままならない。帝国軍にはそんな風に見えていることだろう。実に悪辣な芝居を打つナインハルトに、イリス会戦のときにも思ったことだが、味方で良かったと心の底からそう思う。しかも、ここ数日はなぜか采配の切れが増しているものだから、ランベルトとしては舌を巻くばかりだった。

（だが、それもそろそろ終わる。これから数日のうちに状況は一気に動き出すことだろう）

　最新の報告によれば、第八軍は帝都近郊にて蒼の騎士団と激突。第二連合軍も戦闘状態だと聞いている。

　当初はアストラ砦に第二連合軍が攻め入ってから三日ないし四日。遅くても一週間後にはキール要塞に帝国逆侵攻の報が届けられるとランベルトは踏んでいたし、コルネリアスを始めとする主だった首脳陣も同様にそう思っていた。

良い意味での誤算は、第八軍の軍師を務めるアシュトン・ゼーネフィルダーという青年の頭脳を未だ王国首脳陣は見誤っていたということ。彼が完璧な情報統制を敷いたため、第一連合軍は思惑通りに事を進められ、帝国軍は帝都近郊まで第二連合軍の侵攻を許してしまった。暁の連獅子作戦が最終局面に入った今、第一連合軍の責任は重大だ。

（情報がキール要塞に伝われば、否応なく帝国軍は二つの選択に迫られる）

キール要塞の守備に徹するか。

戦力を割いてでも援軍に向かうか。

守備に徹するなら話は至極単純。こちらは攻撃の手を緩めることなくオリビアからの吉報を待っていればいい。問題は援軍を選択した場合だ。第一連合軍はあらゆる手段を用いて援軍を阻止する必要がある。万が一にも突破されれば、それこそオリビアやブラッドに対して申し開きができない。

最悪手薄になったキール要塞を一挙に落とすという手も考えなくもないが、言うほど簡単ではないことを王国軍は誰よりもよく知っている。言うまでもなく帝国軍が陥落させるその日まで、キール要塞は自他共に認める難攻不落の要塞だったのだから。

「……大将閣下、戦況は落ち着いています。少し休息を取られたらいかがですか？」

声のする方向に視線を向ければ、副官のグレル・ハイト少将が気遣う様子を見せていた。

「別に疲れているわけではない。これからのことを考えていただけだ」

「それならばよろしいのですが」

「むしろグレルこそ少し休むべきではないか？　戦いはこれからが本番だ。こんなところで倒れられては正直かなわんからな」

グレルは勇猛で名を馳せた将軍であり、まだハナタレだった頃の自分に戦場での生き方を叩き込んでくれた師と言ってもいい人物でもある。

そんなグレルも御年七十三。かつて筋骨隆々であった肉体はすでに見る影もなく、そよ風が吹いた程度でも倒れてしまうと思わせるほどには痩せてしまっている。

半ば本気で休息を勧めるランベルトに対し、グレルは体を小刻みに震わせると、声を立てて楽しそうに笑い始めた。

「老いたりといえどこのグレル・ハイト、まだまだ戦場で鳴らした腕は錆び付いておりませんぞ。なんなら今より証明してみせましょう」

そう言って自らの愛馬に向かうグレルを、ランベルトは慌てて引き留めた。冗談でも許可を出したらそれこそ槍を片手に一騎駆けをしてみせる。グレルとはそういう男だ。

「頼むから俺を脅すのはやめてくれ」

ランベルトは今まさに鐙に左足を掛けようとするグレルの両肩を必死に押さえつける。年も取った。体も衰えた。だが、覇気だけは昔のままなんら変わることがない。

グレルはランベルトを一瞥した後、左足をゆっくり鐙から下ろし慇懃に頭を下げた。

「もとより大将閣下を困らせてまで槍を振るおうとは思いません。ただ、必要とあればいつでもお申し付けください」

「わかった。よく心にとどめておこう」

　愛馬を従者に引き渡すグレルの姿に、ランベルトは人知れずホッと息を吐く。

（ナインハルトやトラヴィスもそうだが、どうして第一軍の将軍たちはこう揃（そろ）いも揃って曲者（くせもの）揃いなのだ。彼らを直接束ねる元帥閣下の苦労が忍ばれる）

　自らのことは棚に上げ、内心でひとり嘆くランベルトであった。

Ⅴ

キール要塞　城壁

　太陽は飽くことなく今日も血塗られた大地を照らす。

　夜が明けたと同時にキール要塞に向けて攻撃を再開した王国軍を眼下に、天陽の騎士団に所属するスペンサー・ドルストイ大佐は大きな欠伸（あくび）をした。

「夜明けと同時の攻撃はこれで何度目だ？」

「十と七度目になります」

「このしつこさは呆（あき）れを通り越してもはや称賛に値する。王国軍の兵士たちは余程朝に強いらしい」

目に涙をためたスペンサーが皮肉を込めてそう言えば、側近のナイル少佐が片頬を歪めて追随する。

「自分たちが作り上げた要塞にこうも苦しめられる様を見るのは、下手な喜劇を見るよりも愉快極まりないですな」

「全くもってナイルの言う通りだ」

声を上げて笑うスペンサーの視界の端に、矢を射掛ける紅の兵士たちの姿を捉えた。

「動きが遅いぞ！　遊んでいるのか！」

矢を放つ手を止めた紅の兵士のひとりが明らかに不満げな表情を見せれば、同じく矢を射掛けていた紅の兵士たちも挙ってそれに倣う。

「誰が攻撃の手を止めろと言ったッ！」

「――スペンサー大佐、そこまでにしていただこう。この一画は紅の騎士団に運用が任されている」

余計な口を挟むのは紅の騎士団に所属するラザ大佐。人間としての盛りはとうに過ぎた老将であり、杖を使わねば歩行もおぼつかない。ローゼンマリーがなぜこんな役立たずを未だに使うのか、スペンサーには全く理解できなかった。

「これはこれはラザ大佐ではありませんか。その年とその足で城壁まで上ってくるのはさぞや大変だっただろうに。手前がラザ大佐と同じ年だったらとても真似できませんな」

スペンサーの痛烈な皮肉に対し、しかし、ラザは眉ひとつ動かさずに答える。

「恣意的に紅の騎士団を貶めるような発言は止めなされ」

「……恣意的だと？」

「違うと？　少なくともわしからはそう見えたが？」

「見えた？　開いているのかも疑わしいその目でか？　冗談もそこまでいくと興ざめするばかりだ」

ラザはスペンサーの顔をしばらく眺め、

「物語から出てきたような奇天烈な顔をしているお主ほどではないさ」

「……残り僅かな命を今すぐに散らしたいのか？」

「楽しそうだな。が、その辺で止めておけ」

「なに？」

スペンサーが苛立ちをもって振り返れば、総参謀長であるオスカー・レムナント少将が眉を顰めて立っていた。

「オスカー総参謀長！」

驚く声を上げたスペンサー。ラザは即座に敬礼し、それを見たスペンサーも慌てて同様の仕草を取る。状況確認のため城壁に上がってきたオスカーであったが、まさか早朝からこんな醜態を見せられるとは思ってもみなかった。

今回は籠城戦を選択したため、キール要塞をよく知る天陽の騎士団に多くの任が与えられている。とりわけ天陽の騎士団の中でも血気盛んなスペンサーに城壁の指揮を任せてみたのだが、隠すことなく不満を露わにする紅の兵士たちを見る限り、どうやら人選を誤った感は拭えない。どうも紅の騎士団を敵対視するきらいがスペンサーにはある。

不甲斐ない戦いをする紅の兵士たちに活を入れていたと声高に主張するスペンサー。オスカーはスペンサーの全身をねめつけるようにして言った。

「貴様も大佐なら紅の騎士団に対する下らん感情は捨て、目の前の戦いに邁進しろ」

「わ、私が紅の騎士団に対して含むところがあると？　今も言いましたが動きが鈍い紅の兵士たちを見かねて叱咤したまで。オスカー総参謀長はとんだ誤解をしておられます」

「しかしラザ大佐はそう思っていないようだが？」

スペンサーの斜め後ろでラザが呆れたように首を小さく振っている。怒りに満ちた表情をラザに向けたスペンサーは、忌々しそうに舌打ちをした。

「僭越ながらラザ大佐はかなりお年を召されています」

「なにが言いたい？」

「指揮能力が著しく欠如しているように私には見受けられます」

「つまり彼を考慮するにはあたらない。そうスペンサー大佐は言いたいのか？」

「本人を前にして気の毒ではありますが……」

「そうか。では同じことをローゼンマリー大将にも言うがいい」

「そ、それは……」

ローゼンマリーと聞いて、スペンサーは明らかに狼狽(ろうばい)する様子を見せた。

「状況視察のためローゼンマリー大将も間もなくここに来られる。私が許すから意見具申するがいい。紅の兵士たちは全くもって不甲斐なく、指揮するラザ大佐も年寄りで使い物にならぬとな」

血の気が引く音が聞こえると錯覚させるほどにスペンサーの顔は蒼白(そうはく)と化す。オスカーは顔が触れるほどの位置まで歩み寄り、殊更に目を細めて見せた。

「以後同じことをした場合、貴様の任を即座に解く。わかったらさっさと持ち場に戻れ」

「はっ！」

敬礼もそぞろに、スペンサーは慌てて持ち場へと戻っていく。

実を言えば今のような状況はそれほど珍しいことでもなく、以前より紅と天陽の騎士団は互いにライバル視しているところがある。どちらも負けまいと切磋琢磨(せっさたくま)することから、グラーデンもローゼンマリーも大抵のことは放置していた。

だが、今は戦いの真っ最中である。そもそも大佐の身分でありながら分別がない行動を取るとは、オスカーとしては呆れるばかりだ。

「ラザ大佐、いらぬ世話をかけたな」

「無用な醜態をお見せし、誠に申し訳ございません」

ラザはゆっくりと腰を曲げて謝罪の意を示した。スペンサーが嚙み付いた相手が紅の騎士団でも温厚で知られるラザでなければ、事が大きくなっていた可能性は否めない。血の気の多い紅の将校であれば、最悪騒乱に発展していた可能性もあった。

「──なにかあったのか？」

残照というべき微妙な空気が溶け込む城壁に、紅の騎士団の象徴たる真紅のマントを身に着けたローゼンマリーが数人の親衛隊を伴いながらやって来る。

ここで偽りを述べても仕方がないので、オスカーはありのままを説明することにした。

「少々問題が生じましたがすでに解決済みです」

「問題？」

視線を左右に流したローゼンマリーは、ぎこちない声を上げるスペンサーに目を止めた。

「ふん、あいつか。オスカーともあろう者が人選を誤ったのではないか？」

「すでに戦いは長期戦に入っています。良い駒はなるべく温存しておくべきかと」

「なら妥当だ」

ローゼンマリーが鼻を鳴らした次の瞬間、城壁の一部が派手な音を立てて粉砕した。

「ローゼンマリー閣下ッ!!」

「騒ぐな！　どうということはない」

自らを素早くマントで覆っていたローゼンマリーは、まとわりつく細かな石片を軽い手つきで払い落とす。

「お怪我(けが)は？」

「問題ない。──ラザは問題ないか？」

見ればラザのこめかみから血が流れ落ちている。ラザは気にした様子を見せることもなく、カカと笑って言った。

「この程度かすり傷にも入りません」

「さすがラザ爺(じい)だ。だが万が一のこともある。包帯くらいは巻いておけ」

「お気遣い心より感謝いたします」

ローゼンマリーの意を汲(く)んだ親衛隊のひとりに伴われ、ラザは城壁から去って行く。

オスカーは破壊された城壁を眺め、次に王国軍の投石機(カタパルト)に目を向けた。

「開戦時から不思議に思っていたのですが、王国軍はいつの間に投石機の性能を向上させたのでしょうか？　新型の投石機を作る技術も余裕もないはずなのですが……」

帝国軍ですら改良に成功したのはそれほど前の話ではない。そもそも技術の向上には莫(ばく)大(だい)な金がかかるのは今さら言うまでもないこと。今の王国軍にそれほど潤沢な金があるとも思えず、それだけにオスカーは不思議でならなかった。

　そんなオスカーの疑問に対し、ローゼンマリーはなぜかくつくつと笑う。

「違うんだ。王国軍の投石機があれほどの能力を発揮しているのは、つまり帝国軍の技術を流用しているからさ」

「帝国軍の技術を？　それはあり得ません」

　技術向上の研究は帝都の、それも皇帝の居城であるリステライン城の一画で行われている。働く技術者は全て帝国軍の厳しい検閲を受けているため、仮に王国軍の密偵が潜り込むことに成功したとしても早々に捕縛されるのが関の山。技術を盗むことなど不可能であり、そのことはローゼンマリーとてよく知っているはず。

「それが今回に限ってはあり得るんだ。なにせ第七軍との戦いで試作機の投石機が鹵獲されたからな。あたいが見たところさらなる軽量化に成功したみたいだが、威力の向上は叶わなかったようだ」

「試作機を鹵獲されたのですか⁉　そんな話は初耳ですが⁉」

　耳を疑うローゼンマリーの言葉は、到底聞き流せるものではなかった。ローゼンマリーといえば、まるで他人事のように言い放つ。

「そりゃそうだ。言った記憶もないからな」

「言った記憶がないって……技術者がそのことを聞いたら卒倒しますよ」

さすがに非難するオスカーであったが、案の定ローゼンマリーは全く意に介していない。

それどころか小馬鹿にしたようにせせら笑った。

「技術なんてものは遅かれ早かれ流出する。それが兵器なら尚更だ」

「しかしそれでは……」

「そんなことより主だった者を至急集めろ。三十分後に軍議を行う」

なぜ急にと問い質す暇もなく、ローゼンマリーは立ち去って行く。内心で首を傾げながら真紅のマントに描かれた十字剣を見つめていると、轟音と共に再び城壁が砕かれた。

方々から叫び声や怒声が上がり、それ以上に声を張り上げながらスペンサーが反撃するよう命令を下している。

(まさかここで打って出ようと言い出すのではあるまいな……)

降って湧いた突然の着想に、しかし、そんなはずはあるまいと首を振りつつも、ローゼンマリーの命を即座に遂行するため階段を駆け下りるオスカーであった。

ローゼンマリーの命令からきっかり三十分後。

紅と天陽の騎士団の主だった将校たちが慌ただしく着座する中、最後に姿を見せたローゼンマリーは、どかりと椅子に腰掛けて開口一番こう告げた。

「この戦いをどう思う？」

聞かれた将校たちは具体性に欠ける質問ということもあり、多分に戸惑いの表情を見せている。黙って様子を窺っていると、オスカーが遠慮がちに口を開いた。

「彼らの戦いようになにか不審な点でもあるのですか？」

「質問をしているのはあたいだが、まぁいいだろう。皆もよくわかっているように開戦からすでに一ヶ月が経過した。にもかかわらず王国軍は一向に城壁に取り付くことができない。言うまでもないことだがキール要塞は三重の城壁によって守られている。こんな体たらくでは半年かけても要塞を落とすことなどできはしないだろう。人形でない以上は兵士に食糧は不可欠。しかもあれだけの兵士を養うには膨大な食糧が必要だ。もはや神国メキアが食糧供給しているのは間違いないだろうが、それにしたって限度というものがある。これはどういうことだ？」

「つまり閣下は今もって城壁に取りつけない王国軍がおかしいと言っているのですか？」

「その通りだ」

　会議室がにわかにざわつき始める。直後、両手を長机に叩きつけ、勢いよく椅子から立ち上がる者がいた。天陽の騎士団に所属するシンラ少将である。腕が立ち、相応に頭も切れるとオスカーから聞かされている。

「未だ王国軍がひとつの城壁も突破できないのは当然です。ここを守るのは有象無象の兵士などではなく、栄えある天陽と紅の両騎士団。まさかローゼンマリー閣下が自らそのようなことをおっしゃられるとは残念でなりません」

シンラの話が終わると同時に、ズンと腹に響く音が聞こえた。室内が僅かに揺れるのと同時に、天井から細かな埃が舞い落ちてくる。将校たちの視線が一斉に上へと向けられるが、ローゼンマリーは構うことなく口を開く。

「ならシンラ少将にひとつ尋ねる。死神の軍旗がこれ見よがしにはためいているにもかかわらず、これまで当の本人に全く動きが見られない。これをどう見る？」

「確かに忌まわしいあの死神に動きがないのは不気味です。ですがローゼンマリー閣下、此度は野戦でなく籠城戦です。いくら死神とて空を飛べるわけではありません」

オリビアとの直接対決の折、ローゼンマリーは異常な跳躍を目のあたりにしている。案外オリビアなら空を飛べるかもしれないと真面目に思うも、この場でそれを口にしたところで余計な困惑を生むだけ。なので言わずにおく。

「キール要塞を前にして攻めあぐねていると言いたいのか？」

シンラは強く首肯した。

「ただでさえ難攻不落と謳われた要塞です。攻め落とすことがいかに困難なのかは苦労して陥落させた我が天陽の騎士団は素より、元の持ち主である王国軍も嫌というほど理解しているはず。それに加えて我々が守備しているのです。たとえ死神であっても思い通りに動けないのは当然のことだと思われます」

「皆もシンラ少将と同じ意見か？」

言いながら見渡せば、大抵の者が大なり小なり首を縦に振っていた。当然彼らには精鋭たる騎士団としての自負がある。だからこそそれが枷となり、ローゼンマリーが口にする言葉の裏を読めないし、また読もうともしない。死神は幾度となく想像を超える戦略や戦術でもって勝利を摑んできたというのに。

（慎重を期するガイエルが生きていたらずっと前にこの結論に思い至ったかもしれない。

——あたいのあずかり知らぬところで勝手に死にやがって！）

ローゼンマリーは自分の滑稽さを内心であざ笑いながら、居並ぶ将校たちに向けて朗々と告げる。死神オリビアの参陣は偽装であるということを。

「……あの恐ろしい死神オリビアがこの戦いに参陣していない？　そんなことは絶対あり得ません。キール要塞を再奪取すれば王国軍は完全に息を吹き返します。帝国軍にとってもっとも脅威たり得る死神オリビアをここで参陣させない道理などありません！」

再び場がどよめく中でシンラが興奮気味にまくし立てれば、ほかの者たちもこぞって同様の言葉を口にしていく。ただひとり、オスカーだけが違う意味の興奮を示していた。

「まさにそこを上手く王国軍に突かれたのさ」

キール要塞を再奪取されれば王国軍は完全に息を吹き返す。まさにシンラが言った通りであり、故にローゼンマリーもプライドを捨ててまで籠城戦を選択した。

しかし、裏を返せば息を吹き返したところで、王国軍が満身創痍の状態であることになんら変わりはない。それこそ盤上をひっくり返すためにはキール要塞再奪取以上の戦果を、つまり帝都を急襲して皇帝ラムザの首を狙うのが妥当だ。以前の王国軍であったら夢物語の類であったが、王国軍はキール要塞周辺を除く領土をすでに奪還している。大きな博打の感は否めないものの、今の王国軍の状況を踏まえれば余程理に適っている。

（それにしてもいよいよあたいも焼きが回ったな。――いや、これを見抜けというのはさすがに無理があり過ぎる。敵ながら大した戦略だ）

常勝将軍コルネリアス、鬼神パウル、そして死神オリビア。さらにはストニア公国を赤子の手を捻るかのごとくあしらった聖翔軍も加わっている。これほど堂々とした布陣で攻め寄せてくれれば、不退転の覚悟でキール要塞を取りに来たと誰だって思ってしまう。仮にグラーデンが生きていたとしても同じことを思うだろうし、フェリックスとて見破ることはできなかっただろう。見破っていればなにかしらの連絡を寄越したはずだ。

「では死神はどこでなにをしているのです。まさか大戦を前にして昼寝でもしていると？」

「おそらく今頃は帝国領のどこかで蒼の騎士団と戦っているはずだ」

会議室は瞬時に喧噪の坩堝と化した。

「死神が帝国に侵攻している!?」

「しかも蒼の騎士団とすでに戦っているですと!?」

皇帝の首を獲ることを前提に作戦を立てるならば、不可解だった王国軍の行動が全て腑に落ちる。音に聞こえた名将たちをキール要塞に配置することによって帝国軍の目を否応なく向けさせ、その一方でオリビア率いる軍が帝都に向けて侵攻する。

本命が帝都である以上、キール要塞攻略は陽動でほぼ確定だろう。未だ城壁ひとつ取り付くことができないのは、そもそも取り付く必要がないから。死神オリビアと同様に警戒をしていた魔法士の動きが一切ないことも、疑問はあれど説明はつく。半月振りに城壁から王国軍の戦いぶりを目にし、そしてたどり着いた遅すぎる結論であった。

「ククク ッ……」

またしても完全に敵の策に乗せられたというのに、ローゼンマリーは腹の底から湧いてくる笑いを抑えることができなかった。理由はわからない。ただ可笑しかったのだ。

「……これからどう動きます？」

困惑する将校たちの視線を一心に浴びるローゼンマリーへ、オスカーが淡々と告げてくる。さすがに総参謀長だけあって頭の切り替えが早い。

「おのずと選択肢は二つに絞られる」

「このままキール要塞の守備に徹する、もしくは蒼の騎士団の援軍に赴くかの二択ですね」

置かれた地図を見ながら、オスカーは即座に言った。

「オスカーの言う通りだ。王国軍もその前提で動いているはず。だからあたいはあえてもうひとつの選択肢を選ぼうと思う」

キール要塞を落とす意思がないとわかった以上は、もはや腰を据えて守るのは馬鹿らしい。かといって援軍に向かうためには、目の前の敵を上手く躱す必要がある。

できなくはないが非常に面倒であるのと、いざ援軍に駆けつけたときには戦いが終わっている可能性もあり、そもそもフェリックスが援軍を必要としていない可能性が高い。

フェリックスからオドの手ほどきを受けてローゼンマリーがわかったことは、フェリックスが化け物めいたオドの力を内在させているということだった。

本来なら是が非でもオリビアをこの手で始末したいところなれど、フェリックスには借りがある。ならばここで借りを返しておくのもいいだろう。よって第三の選択肢である。

「もうひとつの選択肢ですか？」

「ああ。気づかなかったとはいえ、一ヶ月以上奴らの遊びに付き合ってやったんだ。今度はこっちの遊びに付き合ってもらう。それこそ精根尽き果てるまでな」

ローゼンマリーは獰猛に笑う。その姿にオスカーを含め、居並ぶ将校たちが異を唱えることは終ぞなかった――。

VI

かつて敗色が濃厚となった戦場において、五十人からなる猛者たちをたったひとりで撃退せしめた男がいた。のちに男は鬼神と畏怖され、大陸中に名を轟かせることになる。

今や名実共に王国軍のナンバー2となったパウル・フォン・バルツァー上級大将が、今日も不可解な胸騒ぎを覚えながら戦場を眺めていると、部下たちに一通りの指示を出し終えたオットー・シュタイナー准将が視線を向けてくる。

「数日前からどうにも様子がおかしいように見受けられます。なにか懸念でも？」

パウルは苦笑した。やはり二十年以上連れ添った自分の副官は伊達ではないと。

開戦から一ヶ月。帝国軍がキール要塞から打って出ることもなく、戦いは第一連合軍の思惑通りに進んでいる。第二連合軍も快進撃を続け、オリビア率いる第八軍は蒼の騎士団と戦端を開いた。予定調和と言っても過言でないほど全ては順調にもかかわらず、胸騒ぎは日を追うごとに濃さを増しているのだ。

「まさかとは思いますがオリビア中将のことが心配なのですか？」

表情に多少の非難を載せながら珍しく的が外れたことを口にするオットーに対し、パウルは否定の意味で手を軽く振る。

奇しくもオットーからオリビアの名が出たことで、第一連合軍がガリア要塞を発つ五日前、パウルは久しぶりにオリビアと会って話をしたことを思い出した――。

『パウル上級大将、このケーキはわたしが食べていいの？』

『もちろんそのために用意したのだ。遠慮なく食べなさい。今はうるさい鉄仮面も留守にしているから、な』

パウルが片目を瞑ってそういえば、オリビアはにししと笑って早速ケーキにフォークを突き刺す。瞬く間に白い髭を口に生やしていくオリビアの頭をパウルは優しく撫でた。

『今さらこんなことを言っても仕方のないことだが、大人の喧嘩に子供を巻き込んでしまってすまないと思っている』

フォークを夢中で動かしていた手を止めて顔を上げたオリビアは、宝石を凌駕するほどの美しい漆黒の瞳を瞬かせながら不思議そうにパウルを見た。

『わたしは自分の意思で軍に志願したんだよ。なんで謝るの？』

『今だから言うとな。わしはオリビア中将が軍に入ることに反対していた』

『……それってわたしが子供だから？』

『その通りだ。今も言ったが大人の喧嘩に子供を巻き込むなどこれほど不名誉なことはない。オットーに押し切られたとはいえ、それでも最終的に許可を出したのはわしだ』

『でもさ。本の題名はもう忘れちゃったけど、うんと昔は十三歳から大人と認められて、戦争にも参加していたんでしょう？』

『戦争が絶えなかった時代は確かにそうだ。大人だ子供だと言っていられるほど甘い時代でもなかった。ただ十三歳から大人といっても、戦争に駆り出されていたのはあくまで男。女が戦場に出ることなどほとんどなかった。当時の人間が今の世を見たら腰を抜かすのは間違いなかろうよ』

『うーん……多分わたしはパウル上級大将の気持ちをよくはわかっていないと思うけど、それでも王国軍に入れてもらえて良かったと思ってるよ』

嘘偽りないだろうオリビアの言葉に甘えていることは重々わかっている。それでもパウルは救われた気がした。オリビアは嬉々として言う。

『それに欲しかった友達もいっぱいできたしね』

『友達か……それはわしも入っているのか？』

半ば冗談のつもりで尋ねたのだが、予想に反してオリビアは真剣な表情で頷く。

『もちろんだよ。――あ、でもオットー副官には言わないでね。「閣下を友達呼ばわりとは何事だ！」って絶対に怒られるから』

『ふふっ。確かにあ奴ならそう言うだろうな。……では二人だけの秘密としよう』

『わかった！　二人だけの秘密だね！』

再びケーキに手を付け始めたオリビアは、それから三分と経たずに三人分のケーキをぺろりと平らげてしまう。実に見事な食べっぷりにパウルは相好を崩してしまう。

口の周りについたクリームをハンカチで丁寧に拭ってやり、パウルは居住まいを正して顔を引き締めた。

『ところでオリビア中将はキール要塞に赴いたことを覚えているかね?』

『もちろん覚えているよ』

『では捕虜交換式でわしが話をしたあの男のことは?』

聞いた途端、小さく頷くオリビアの瞳が妖しい光彩を放つのをパウルは見た。

『やはり覚えておったか。今さら言うまでもないが、あの男は間違いなく只者ではない。鬼をも喰らう気配をその身に内在させている。油断はするなよ』

オリビアは「大丈夫」と、力強く首肯する。パウルは自らの膝をパンと叩いた。

『――さて、わしの話はこれで終わりだ。此度の戦いが終わったらまた会おう』

『わかった! 今度はわたしがパウル上級大将にケーキをご馳走する。王都にとっても美味しいケーキ屋があるから一緒に行こう』

『一緒にケーキ屋か……承知した。約束した以上は是が非でも死ねないな』

『そうだよ。死んだら美味しいケーキが食べられなくなっちゃうから。あ、ほっぺたは落ちないから安心して』

オリビアは最後にそう言って軽やかに部屋を後にした。途端に灯が消えたような寂しさを埋めるように、パウルは懐から葉巻を取り出して火をつけた――……。

（オリビア中将もあれが只者でないことは十分わかっていたようだが、さりとて気負っている様子もなかった。それでも不安は尽きぬものだが、おそらくわしが漠然と感じている不安とはまた違うもの）

意識を目の前の戦場に戻せば、一転して窺（うかが）うような視線を向けるオットーがいた。

「──もしかして閣下が気がかりなのは蒼の騎士団を率いる男、フェリックス・フォン・ズィーガーのことですか？」

「それもある。若いが尋常でない。帝国軍でもっとも危険な男であるのは間違いない」

「……閣下に巣くう鬼が騒ぎましたか？」

「ああ。あの者とは剣を交えるなとわめき立てておったわ」

パウルが低く笑い、オットーはそれ以上に低い声で笑う。

「鬼ですら恐れさせる相手であるならそれはもう死神に頼るしかありません」

相変わらずオリビアを酷使することに一切の躊躇（ちゅうちょ）を見せないオットー。それはとてもオットーらしいと思いながら、パウルは禿（は）げ上がった頭をつるりと撫でた。

「十七歳の少女に王国軍の命運を背負わす。本当に度し難いな。我々は」

「それで閣下が気にしている別の懸念とは？」

しれっと核心を突くオットーの問いには答えず、パウルは再び戦場に目を向ける。

漠然と感じる不安は消えることなく、さらなる広がりを見せようとしていた──。

幕間話◆幸せなひととき

「――……アシュトン」

「……ん……」

「もう朝だぞ。早く起きないか」

体を揺さぶられたアシュトンが重い瞼(まぶた)を半分ほど開ければ、フリルが付いた白いエプロン姿のクラウディアが呆(あき)れた顔で立っている。

アシュトンはベッドから上半身を起こして大きな欠伸(あくび)をした。

「おはようございます……」

「相変わらず朝に弱いな。もうすぐ朝食ができるから早く着替えろ。今日は釣りを教えてくれるのだろ？」

「そういえばそういう予定でしたね……」

昨日たまたま夕食時の会話でクラウディアが生まれてこの方一度も釣りをした経験がないことが発覚し、急遽(きゅうきょ)釣りに出かけることになった。

「冷めてしまう前に早く下りて来いよ」

部屋を足早に出ていくクラウディアを見送り、アシュトンはいそいそと着替える。

手すりに手を滑らせながら階段を小気味よく下りれば、香ばしく焼けたパンの香りに誘われるようにテーブルに置かれたバスケットに目がいく。

「美味しそうだね」

椅子に腰掛けながらそう言えば、皿に満たされたクリームシチューをアシュトンの前に置いたメイドがにこやかな笑みを見せて言う。

「奥様にこれ以上料理の腕を上げられたら自分たちは不要になると、料理人たちが戦々恐々としております」

「まぁわからなくはない話だね。料理人には申し訳ないけれど、クラウディアの料理は本当に美味しいから」

アシュトンがメイドと笑い合っていると、エプロンを外したクラウディアが「なにを下らんことを言っているんだ」と言いながら、アシュトンの真向かいに腰掛けた。

「仕方がないですよ。全部本当のことですから」

「いいからさっさと食べろ。日が天頂に届く前が狙い目なのだろう？」

クラウディアにパンを手渡され、礼を言って口に運ぶ。サクッと小気味よい音が耳に広がり、アシュトンは幸せを噛みしめながらシチューに手を伸ばした。

それから二時間後――。

アシュトンとクラウディアは共に馬を駆け、東の森に広がる湖へやって来た。

早速アシュトンは釣り針に餌を付けた竿をクラウディアに手渡し、自分の釣り竿も手早く用意する。

「実に手慣れたものだな」

クラウディアはいたく感心した様子を見せる。

「まぁこれでも子供の頃に散々やりましたからね」

言いながら湖に向けて竿を振るう隣で、

「何事も日々の訓練がものをいうからな」

誇らしげなクラウディアの姿に、アシュトンは内心で苦笑した。おそらくは自らの剣の稽古と釣りを重ねての発言だろうが、はっきり言って釣りは単なるお遊び。血の滲むような剣の鍛錬と一緒にされては恐縮するばかりだ。

「やるからには一番の大物を釣り上げてみせるぞ」

クラウディアは嬉々として釣り糸を投げ込む。初めて釣りをする人間が大物を釣れるほど甘くもないが、せっかく本人がやる気になっているのだから水を差すのも悪い。黙って見守ることにしたアシュトンであったが――。

「アシュトン！　なんだか凄く引っ張られるぞ！」

「え？」

始めて早々クラウディアの竿が大きなしなりを見せている。アシュトンは慌てて自分の竿を投げ捨て、クラウディアの手に自らの手を重ねた。

「慌てずにゆっくり引いてください」

「わ、わかった！」

逃がしてなるものかとの強い思いが汗ばむクラウディアの手から伝わってくる。しばらくクラウディアと共に格闘していると、次第に大きな影が水面から浮き上がってくる。

パッと見ただけでもアシュトンの背丈の半分以上はあった。

「大きい……もしかしたらこの湖の主かも」

「そんなことよりこのままだと竿が折れるぞ！」

「ここで慌てたら駄目です！　落ち着いて！」

クラウディアを宥めつつ額の汗を拭うため竿から片手を話した次の瞬間、

「「あ！」」

必死に逃れようとする魚に引っ張られる形で二人は湖に落ちてしまった。

「なんだか体が思うように動かない！　助けて！」

先に湖から上がったクラウディアは、なぜかニヤニヤしながらアシュトンが溺れる様子を眺めている。

「なん……で!?」

全く意味がわからないまま、アシュトンの意識は徐々に薄れていった――……。

「――そんなところで寝ていたら風邪を引くぞ」

小さく体を揺さぶれてハッと目を開ければ、鎧(よろい)を纏(まと)ったクラウディアが覗(のぞ)き込むようにしてこちらを見ている。周囲を見渡せばそこは見慣れた陣場内。ここでようやく今までのことが夢だったとアシュトンは理解した。

「大分疲れているようだな。大丈夫か？」

アシュトンは体を起こしながら力なく笑みを返し、

「疲れているのはみんな一緒ですから」

言いながら夢で溺れたときに垣間見(かいまみ)たクラウディアの笑みを思い出す。

（そうだよな。いくらなんでも溺れた僕を前にして、クラウディア大佐が笑うわけがない。それにしても……）

思わず笑みを漏らすアシュトンを見て、クラウディアが心配そうに話しかけてきた。

「本当に大丈夫か？」

「え？……あ、これは違うんです。なぜかクラウディア大佐と結婚している夢を見まして」

「け、結婚!?」

声の調子を思い切り外したクラウディアは、

「な、なんておかしな夢を見ているんだ！　私がなんで○△※△……」

途中から言葉にならない言葉をまくし立て、アシュトンにサッと背を向けるクラウディア。

しばらく互いに無言が続く中……。

「――で」

「え？　でって？」

「……だから、どうだったと聞いている」

「どうだったって、なにがですか？」

要領を得ない言葉にアシュトンが尋ねれば、クラウディアはやたらもじもじしながら半ばやけくそ気味に、

「だから結婚生活ですか？……良かったですよ。クラウディア大佐が作ってくれた朝食も凄く美味しかったですし。一緒に釣りにも出かけたんです」

「結婚生活はどうだったと聞いているんだ！」

話したら話したで、再び無言を決め込むクラウディア。アシュトンは首を傾げながらも話を続ける。

「でもよく考えたら絶対に夢だってわかったはずだったんですけど、なんでか違和感なかったんですよねー」

「――それはどういう意味だ？」

未だ背を向け続けるクラウディアに、アシュトンは笑みを交えて告げる。

「だってクラウディア大佐の作る料理が美味しいわけが」

そこまで言って大きな過ちに気づいたときには全てが手遅れだった。ゆっくりと振り向いたクラウディアは、今や顔に極上の笑みを張り付かせている。

間違いない。これはオリビアが恐怖する夜叉の降臨だ。

「私の料理が……なんだって？」

このときのアシュトンは自分でも信じられない速度で陣場を飛び出していた。オリビアがこの場にいたらきっと同じことをするに違いない。

そして願う。どうか明日には夜叉化が収まっていますように、と。

I

開戦十日目。

日に日に苛烈さを増していく蒼の騎士団と第八軍の戦いは、いつしか両軍の本陣内に設けられた机の上、血濡れた剣や槍は素より声すらも交えることなく、しかし、どこの戦場よりも激しい攻防戦を繰り広げていた――。

「シャクセンの部隊は牽制に努めてください。敵が兵力を分散する動きを見せたら、あらかじめ伏せてあるハンク中尉、リベラ中尉の両部隊で挟撃をかけてください」

巨大な布陣図に置かれた駒を動かしながらフェリックスが次々に命令を発する一方で。

「後方の敵はおそらく陽動です。狙いは兵力分散でしょう。必ずまとまった伏兵が周辺にいるはずです。それと悟られないように探し出して討つようマインの部隊に指示を」

アシュトンがフェリックスの戦術の裏を読んで仕掛ければ、その逆もまた然り。軍略において二人はまごうことなき天才であり、後世の戦術家たちも口を揃えて甲乙つけがたしとの結論に達している。

軍略が拮抗するのであれば、純粋な兵の力が上回るほうに天秤が傾くのは道理。第八軍は序盤こそ意表を突いたオリビアの一騎駆けもあって有利に戦局を進めていたが、日に日に蒼の騎士団の動きは切れを増していき、奇しくもソフィティーアが予想した通りの展開に戦況は流れ始める。

アシュトンの下には苦戦の報告が続々と届けられ始め、手負いの兵士が徐々にその数を増やしていく。

第八軍の頭上に暗雲が垂れ込めようとしていた——。

Ⅱ

第八軍 ルーク騎兵連隊

四千の騎兵連隊を率いるルーク・クロフォード少佐は、丘をひとつ越えた先に陣取る敵部隊を捕捉した。敵発見を知らせるため本陣に向けて伝令兵を走らせ、片や部隊には一時停止の命令を下す。数は約二千。こちらが圧倒的に有利な状況だが……。

「敵は我々のことに気づいていないのか……？」

言って隣で馬を並べる妹のエリスを見やれば、小馬鹿にしたように笑う。

「ないわね。こちらが気づいている以上は当然あちらさんも気づいている。都合のいい解釈は大怪我の元ってね」

「わかっているならなぜ動きを見せない？」

定石通りに考えるならここは間違いなく後退である。二倍の兵力差というのは言葉以上に重みがあり、兵士にかかる心理的負担は相当なもの。それでも動かないということであれば動かないだけの理由、たとえば罠の可能性を視野に入れる必要がある。

「間違いなく罠はないわよ」

「……どうしてそう言い切れる？」

なぜ俺の考えがわかる、とは聞かなかった。血を分けた兄弟というのは不思議と互いがなにを考えているのかわかったりすることがある。

もっともエリスの脳内のほぼ全てはオリビアのことで占められているので、その点に関しては考えるまでもなくわかることだが。

「罠は逃げる場所に仕掛けてこそ効果を最大限に発揮するものでしょ？　今の状況で罠を仕掛けても警戒されるのが落ち。それはもう罠とは言えない。お兄様、あんまり抜けたことをおっしゃられると兵士の士気がだだ下がりするので止めていただけますぅー」

口の悪さを遺憾なく発揮するエリス。ルークは顔を思い切り顰めて不快感を表明するも、彼女にとってはどこ吹く風。むしろ、なにも感じていないと断言できる。

それはそれとしてエリスの言っていることは正しい。殊更に罠の存在をちらつかせて見せるのは戦を知らない素人のやり口だ。

ルークは腕を組んで次の考えを口にする。

「なら二倍の敵を前にしても問題なく対処できる自信があると言うことか？」

エリスは形の整った唇の端に人差し指を当て、

「精強を誇る軍には割とありがちな話と言えなくもないけど……まぁ蒼の騎士団に限ってはないわね」

「それは一戦交えたからこその意見か？」

「それもあるし、目が眩むばかりのオリビアお姉さまのご威光がそうさせているのもある。少なくともこちらを侮る様子を私は感じなかった。ぶっちゃけ兵士の質は笑っちゃうくらいにこちらが落ちるのにね」

一応周囲の兵士たちに気を使ったのだろう。最後はこちらにしか聞こえない小声で言い、自嘲気味に笑う。

エリスの話を総合すれば、蒼の騎士団はたとえ相手が格下であっても油断はしない。つまり、付け入る隙がないことを意味していた。

「相手の思考が読めない以上は、とりあえずひとあたりして様子を見るしかないか……」

あるいはアシュトンなら敵の意図を看破することも可能なのだろうが、放った伝令兵が戻ってくる頃には決着がついている可能性が高い。なによりも二倍の兵力差を有しながらも逡巡していようでは、エリスの言う通り士気が落ちるのは必定。

「ここであれこれ考えたところで埒が明かないからそれでいいんじゃない？」

他人事のように言うエリスは、両手を広げおどけて見せる。過度に警戒したところで動きも判断も鈍るだけ。蒼の騎士団に向けて進撃を開始したルークは、丘を越える手前で隊を二つに分けた。ルーク自身が率いる二千の騎兵と、同じく二千の騎兵を率いるエリス。

左右に分かれた騎兵隊は青の騎士団を挟み込むように大きく旋回しながら敵の側面を突く策に打って出た。丘を越えたところで下り坂を利用し加速。ルークは颯爽と馬を走らせながら並走する副官に声を飛ばす。

「敵に動きは？」

「未だなく。どうやらこのまま迎え撃つつもりらしいです」

「大した自信だな。――蹴散らせッ!!」

勇ましい声で応える兵士たちは、広く扇型に陣を展開しながら大盾をこれみよがしにかざす蒼の騎士団に向かって果敢に斬り込み、ルークもまた渦中に身を投じていく。

「防御！　天守の構え！」

大盾兵たちは一糸乱れぬ動きで上下左右隙間なく盾を並べる。

天陽の騎士団が得意としている防御術を展開する蒼の騎士団はさすがの一言に尽きるが、攻撃は予想していたほど苛烈ではなかった。このまま数の利を最大限に活かして押し込めば、十分に圧殺することも可能だ。

（だからこそ妙だ）

蒼の騎士団が本当にこの程度としたら最精鋭と謳われるはずもない。だからといって現状、目を見張るような攻撃を仕掛けてくる様子も見られない。

結局確たる答えも見出せぬまま剣を振るい続けていると、ひとりの兵士が酷く慌てた様子でルークの前に駆け込んできた。

「後方から新たな敵が押し寄せてきます！」

「後方だとッ!?」

こちらから仕掛ける前に一通りの索敵は済ませてある。この周辺一帯には自軍と今戦闘を繰り広げている蒼の騎士団以外には皆無との報告を受けていただけに、ルークの驚きもひとしおだった。

「まさか索敵に漏れがあったのか？」

声を荒らげて問うと、それはあり得ないと強い口調で兵士は断言する。そんな兵士をあざ笑うように背後から槍をひと突きにした蒼の兵士が話しかけてくる。

「風貌からして貴様がこの部隊を率いる指揮官のようだが、随分解せないといった表情をしているな」

「……ではお前が親切に答え合わせでもしてくれるのか？」

ルークは鐙（あぶみ）を巧みに操りながら連続で斬撃を叩（たた）き込む。決して温（ぬる）い攻撃ではないはずなのだが、男は手にする長槍をまるで剣のように動かしてルークの攻撃を軽々といなしてみせる。

「お前たちは定石通りに動き過ぎた。もっともそうなるよう仕向けたのは俺だが」

「……どこかに伏兵でも潜ませていたのか？」

グンと伸ばされた槍を渾身（こんしん）の力を込めて弾（はじ）き返す。だが、男の軸は全く揺らぐことがない。間髪を入れずに槍を乱れ打ちながら男は薄い笑みを零（こぼ）す。

「伏兵？　そんなものが最初からいないことはとっくに調べているんだろ？　貴様たちの背後から奇襲をかけている兵士たちは、まごうことなくここにいた兵士さ」

「………」

「益々（ますます）解せないといった顔つきだな。貴様らは我々の側面を突くことばかりに囚（とら）われすぎて、上と下を意識から外してしまった。それが今の結果を招いているのさ」

「上と下……なるほど見事な用兵術だ。まんまとしてやられたよ」

ルークは己の迂闊（うかつ）さに笑うしかなかった。こちらが側面の攻撃に一点集中している間、元々中央にいた兵士が秘密裏に抜け出し、こちらの背後に回ったものと推察される。

扇状の陣形や大盾兵は全てこちらの視界を狭めるための仕掛け。攻撃が緩かったのもこれで説明がつく。今頃エリスの部隊も同じ状況に陥っていることが予想された。

二人はひとしきり斬撃を重ねた後、示し合わせたように距離を取る。手綱を巧みに操る男は勝ち誇るわけでもなく、淡々とした表情で言う。

「丘の上から一気に駆け下りて見せた機動力。未熟が多いながらもよく統制されている兵士。泥臭いが堅実な用兵術だった。貴様が非凡な将であることは認めるが、まぁ今回は色々と運に見放されたな」

男は慰めるような言葉をかけてくるが、決して運に見放されたわけではない。完全な戦術の敗北であることを誰よりも本人がよくわかっていた。

ルークの頰から冷たい汗がつたう。

(ほぼ詰んだこの状況をどうやって乗り切るか……エリス、生き残れよ……)

ルークの部隊が包囲殲滅の危機に瀕しているとき、エリス率いる部隊もまた修羅に身を置いていた。

「姉御ッ！　このままだとヤバいですぜッ！」

「ギャアギャア言わなくても聞こえているわよ！　喚いている暇があるなら一人でも多く倒せ！　それと姉御って言うな！」

矢継ぎ早に繰り出される攻撃を剣でいなし、身を躱し、ときに血の花びらを舞い散らせながら、エリスは背後で遮二無二槍を振るう副官を怒鳴りつけた。

（悔しいけどこの馬鹿の言う通り相当まずいことになる。馬鹿兄貴も今頃はきっと同じ目にあっているはず……）

戦い始めた当初から巧みな防御術とは正反対の緩慢な攻撃に、エリスは違和感を覚えながらも結局は勢いを優先させてしまった。

今から思えばそうなるべく意図して動かされたに違いないが、それにしても全くもって迂闊だった。

（とにかく包囲網が完成する前になんとか脱出しないと……）

ひたすらに剣を振るいながら脱出路を模索するエリス。一報がもたらされたのはそれから三十分後のことだった。

「姉御ッ！　シャルナの小隊が手薄な箇所を見つけたと言っておりやす！　そこからとんずらしましょう！」

「シャルナの小隊は今どこにいる？」

「あっしらが突入したところから右方向。馬で五十歩ほど駆けた場所だそうです」

エリスは索敵班から聞いていた周辺の情報を脳から拾い出した。

（確かあの先には……チッ！　どこまで小賢（こざか）しい奴（やつ）らなんだ。この部隊を率いる指揮官は相当に根性がひん曲がっているわね）

これはエリス独特の賛辞でもあった。味方が気づく程度に脱出路を提示してみせ、見事突破した暁には、もれなく奈落の底にご案内される。

こちらの馬が天馬でもない限りは回避することなど不可能だ。

——だけど。

エリスが微笑めば、副官が悲壮感を漂わせながら呟いた。

「姉御がとうとうおかしくなっちまった……」

「可笑しいのはその禿げ散らかした頭だけで十分だ。そんなことより陣形を鋒矢にしなさい」

「報告のあった場所からとんずらをかますんですね！」

「誰がそんなことを言ったのよ」

「は？」

「は？　じゃないわよ。ボケた顔をしている暇があったらさっさと準備に取り掛かりなさい。ほらほら！」

急き立てるように背中を切っ先で突けば、副官は慌てて馬を走らせる。エリスは剣にべっとりと付着した血を勢いよく地面に打ち払った。

(だけど根性のひん曲がりにかけては私だって負けていない。……私の兄貴ならこんな舐め腐った罠に引っかかるんじゃないわよ)

その後鋒矢の陣を完成させたエリスは、敵の思惑に乗ると見せかけながら防御がもっとも厚い部分にあえて突貫をかけた。さすがにこの行動は敵も予想していなかったようで、多くの犠牲を払いながらも包囲網から抜け出すことに成功する。

それから遅れること一時間。かなりの損害を出したと思われるルークの部隊と合流し、無事な兄の姿を確認したエリスは、人知れず安堵の息を吐く。

残存部隊は狭隘な谷の狭間に堅固な陣を張り、なんとか蒼の騎士団の追撃を躱した。失った兵士は全体の四割ほど。

完全な敗北であった――。

Ⅲ

遊撃隊として百人からなる手勢を率いて剣を振るうオリビアの耳に悲痛な声が届いたのは、蒼の騎士団との戦端が開かれてから十六日目のことだった。

「オリビア閣下！　ガウス中尉が重傷を負われました！」

声のした方向に振り返れば、大きな木の板に乗せられた巨体が数人の兵士たちに運ばれる姿を目にする。直後、隙を突くように背後から振り下ろされる剣。オリビアは僅かに体を傾けて回避し、驚く蒼の兵士を振り向きざまに一刀両断する。

血しぶきをまき散らしながら首と胴が泣き別れる蒼の兵士を尻目に、オリビアはガウスの下へ駆け寄った。

「た、隊長すみません。これからってときにドジりました」

すぐに目に飛び込んだのは右肩から左わき腹にかけて深く斬られた跡。顔は血と泥で汚れ、胸は不規則な動きを繰り返している。

オリビアはガウスの鎧(よろい)を脱がすよう命令し、自らは腰のカバンに手を伸ばした。

「少し痛むかもしれないけど我慢してね」

傷口に付着している泥や草を水筒の水で綺麗(きれい)に洗い流した後、指に盛った琥珀色(こはくいろ)の塗り薬を手早く塗り込んでいく。

ガウスは眉間に皺(しわ)を集中させながら、

「それは……それは隊長が作った傷薬ですか？」

オリビアは手を休めることなく首だけを縦に振る。

「ならすぐに戦線復帰できますね……」

ガウスはオリビアでもわかるくらい無理に作った笑いを見せる。傷の具合からいっても戦線復帰は絶望的だ。いくらゼットから教わった調合法を元に作った傷薬といっても、さすがに目の前の傷を瞬時に癒す効力なんてないし、ガウスもそのことはよくわかっていると思う。だからオリビアはなにも言わずにただ黙って笑いかけた。

額に脂汗を滲ませるガウスは、空気が擦れたような笑い声を上げる。

「きっと今の俺の姿を見たら……みんな羨ましがること間違いなしだ……エリスがこのことを知ったら……絶対に歯噛みして悔しがるぜ……」

重傷のガウスを見て羨ましいなんて誰も思うはずがない。不安になったオリビアがガウスの額に手を添えれば、思った通り高熱を発している。

（きっと意識が混濁して本人もなにを言っているのかわかっていないんだ……）

オリビアはガウスを労わるように頭を優しく撫でた。

「俺は……俺は今……最強の果報者……だ」

「ガウスの応急処置は済んだからもう運んでいいよ」

「はっ！」

「ところで今ガウス隊を指揮しているのは誰？」

「副官のスラッシュ少尉です」

ひとりの兵士が答えれば、もうひとりの兵士が苦戦を強いられていると口にする。ガウスが重傷を負うくらいだ。言葉以上に状況が逼迫しているとみて間違いない。

「スラッシュにクラウディアの部隊と合流するように伝えて」

「はっ！」

板に乗せられたガウスと、オリビアの命を受けた兵士がそれぞれ動き出す。オリビアはすぐに頭を切り替えながら引き連れている伝令兵のひとり――メリッサ軍曹を呼び寄せた。

「わたしはしばらくここに留まって敵の注意を引き付ける。メリッサはわたしがこの場所で戦っていることをアシュトンに伝えてくれる？」

「それだけでよろしいのですか？」

「うん。それでアシュトンはわかる」

「はっ！　ではすぐに！」

伝令兵の中でもとくに足の速い者を集めただけあって、メリッサは独特の走法を用いて戦場を颯のように駆けていく。視線を再び戦場に戻せば、

「死神オリビアを討ち取れッ！」

新たに姿を見せた蒼の騎士団が濁流のように迫ってくる光景を目にした。オリビアは俊足術を繰り出しながら蒼の兵士を乱れ斬り、いよいよ三桁に達する屍を築いたまさにそのときだった。気配は一切感じないものの、背中を押し潰すような圧迫感に突如襲われる。

即座に大地を蹴りつけ、疾空するオリビア。空中で弓なりの軌跡を描いていると、極彩色の蝶が群れを成してオリビアを掠めるように通り過ぎていく。

（あれ……？）

地面に着地したオリビアは、なぜか次の瞬間膝を落としてしまう。次第に呼吸が乱れ始め、霞がかかったように視界がぼやけてくる。体に異変が起きたのは明らかだった。

「――とても幻想的だったでしょう？　私の可愛い蝶たちはお気に召して？」

屍を背に悠々とした足取りで近づいてくる蒼の兵士を見つめていると、再び一切の気配なく、だけど背中から異様な圧だけを感じる。

なんとか地面を蹴って左へ跳んだ刹那、剣を突き出す蒼の兵士が地面を滑るように現れた。男が手にする剣は仄暗い光を常に帯び、辛うじて耳に拾えるくらいの微細な振動音を響かせている。

兵士は意外そうな表情を浮かべるも、体は油断なく次なる攻撃態勢に移行していた。

「ちょっと。あなたご自慢の攻撃が二度も躱されているじゃない。これはどういうことなのかしら？　説明を求めるわ」

「それを言うなら蝶の鱗粉を浴びた者はひとりの例外もなく動けなくなるはずじゃなかったのか？　大分話が違うじゃないか」

「そうなのよ。オドを狂わす特殊な鱗粉をあれほど浴びたのに、なんであの深淵人はまだ動けるのかしら？　本当に不思議よねぇ……」

「どうでもいいが油断をするなよ」

「愚問ね。私に油断などあり得ないわ」

会話を聞き、二人が蒼の騎士団の兵士ではなく阿修羅と名乗った男の仲間であることがわかった。どうりでどぶねずみ臭がするわけだと、オリビアは可憐に微笑む。待ちに待った情報源は案外早くにやって来た。

「……気に入らないわね。死がそこまで迫っているのになにを呑気(のんき)に笑っているのかしら？　深淵人(しんえんびと)ってほんと理解不能だわ」

「理解など外におけ。古(いにしえ)の掟(おきて)に従って我々阿修羅(アスラ)は契約を履行するのみ」

オリビアの前後を挟むように回り込んだ二人は、身を屈(かが)めるようにして疾走する。

（まずはこの体をどうにかしないと）

最初に深く呼吸し、次にゆっくり瞼(まぶた)を閉じ、最後に意識を刃のごとく研ぎ澄ましたオリビアは、体内を巡るオドを強制的に停止させる。

カッと目を見開き、迫る二人に素早く視線を走らせた。

（先に攻撃が届くのは得物の長さの分だけ男のほうが速い）

豪速で突き出された剣を最小限の動きで見切り、右腕と襟首を同時に摑(つか)みながらするりと懐に身を滑り込ませたオリビアは、勢いそのまま地面に向けて男の頭を叩(たた)きつけた。

熟れた果実が潰れたような音が響く。血と脳漿(のうしょう)が派手に飛び散り、男の体は小刻みな痙(けい)攣(れん)を幾度か繰り返してそのまま息絶える。

オリビアはすぐそばまで迫る女に腕を伸ばした。

「なんで……ッ!?」

オリビアの手が女の腕を摑む直前、地面を横へと蹴りつけて間合いを取った女のマントから、さっき以上の蝶が群れをなして飛び出してくる。

「それはもう無駄だよ。得意げに口を滑らせたのは失敗だったね」

渦を巻くようにして迫る蝶の群れに対し、オリビアが迷うことなく一直線に駆ければ、女の動きに歪が生じる。それは刹那よりもさらに短い時間だったけれども、それでもオリビアにとっては十分すぎるほどの時間であった。

慌てて繰り出されたナイフを難なく躱し、軽快な足取りで女の背後に回ったオリビアは、抜き放った漆黒の剣を二度三度と振るう。

一瞬の時を挟み、四肢から血を噴き出した女は膝から崩れ落ちた。改めてオリビアは苦悶の表情を浮かべる女の正面に屈んだ。

「なんで！　なんでお前は動ける！」

「目の前にいるんだからそんなに喚かなくても聞こえているよ。初めてのことで少し戸惑ったけど、あなたの術はオドの流れを強制的に乱して対象者を行動不能な状態に陥らせるものでしょ？　それならオドの流れを一旦止めてもう一度動かせば、乱された流れも元に戻る。ただそれだけのことだよ」

「オドの流れを止めて再び元の流れに戻す？　なんだそれはッ！　そんなデタラメなことができるわけないわッ！」

「そんなこと言われたって困るよ。できるんだから仕方ないじゃない。それよりもあなたには是非聞きたいことがあったから生かしておいたの。あ、もうわかっているとは思うけど、攻撃を仕掛けようとしても無駄だよ。腱もオドの流れも断ち切ったから」

「…………」

「理解してくれたってことでいいかな？　じゃあ早速尋ねるけどあなたは阿修羅っていう人間で間違いないよね？　前にぶっ殺した黒仮面の男と雰囲気がよく似ているし」

「…………」

「沈黙は肯定と受け取るよ。で、ここからが本題。あなたたちはわたしのことをよく知っているみたいだけど、具体的になにを知っているのかな？」

「…………」

「ここからは沈黙を許さない」

オリビアは女の指を一本握り、本来曲がらない方向に向けて傾けた。甲高い声が響き渡る戦場で、オリビアはさらにもう一本の指に手を伸ばす。

「指は十本もあるから便利だよね」

微笑みかけてオリビアがそう言えば、女は慌てて口を開く。

「あなたのなにが知りたいのッ！」

「わたしをなぜ深淵人と呼ぶのか？　なぜ深淵人を阿修羅は許さないのか？　まずはそこから教えてくれるかな？」

「……それが、それが古より続く契約だからだ」

女の口から語られたのは、遥か昔から連綿と続く因縁の物語。古の王が深淵人を討伐するため暗殺集団である阿修羅と契約を結び、そこから深淵人との戦いが始まったこと。そして、オリビアが強大なオドを身に宿す深淵人と呼ばれた民族の末裔であること。深淵人最後の末裔である自分を殺すことで数百年にわたって続いた契約が完遂するらしい。

聞いてみれば清々しいほど馬鹿げた話だった。今の世には骨の欠片も残っていないだろう王との契約を果たすために、阿修羅は自分を殺そうと躍起になっているのだ。

さすがに軽い目眩を覚えながらも、オリビアは次の質問に移ることにした。

「ところで赤ん坊の頃のわたしを知っているということは、わたしの両親についてもなにか知っているよね？」

尋ねたオリビアではあるが、実際それほど両親に興味があるわけでもない。たとえ両親であろうとも、顔も知らない相手に興味の持ちようがないのが本当のところ。それでも自分を生んでくれたので、生死の確認くらいはする必要があると思っていた。

女は視線を不自然に横へと逸らし、言いにくそうに口を開く。

「お前の母である深淵人は……我らの仲間が殺した、と聞いている」

「ふーん。で、お父さんは？」

女は一瞬だが驚いたようにオリビアを見つめ、

「お前の父親はお前を連れて帰らずの森に逃げ込んだ」

「帰らずの森？」

「有名な魔境の森を知らないのか？」

「その森はどこにあるの？」

女から場所の説明を受け、どうやら帰らずの森とゼットと暮らしていた森が同一だということをオリビアは理解した。

「それで、どうしてわたしとお父さんはぶっ殺さなかったの？　少なくとも赤ん坊のわたしなんか簡単にぶっ殺せるでしょ？」

「一度あの森に足を踏み入れたら最後、二度と生きて出ることはできない。昔、探索に長じた仲間が調査に乗り出したが結局戻ることはなかった。お前の父親とお前が帰らずの森に逃げ込んだ時点で死は確定したようなもの。だから追わなかったし、死を覚悟してまで追う必要もなかった。どの道お前の父親は深手を負っていたから放っておいても死ぬことは確定していたし、親を失った赤子がひとりで、まして魔境と呼ばれる森で生きられるはずもない。それなのにどうしてお前は生き延びて、しかも森を抜けだすことができたのかこっちが知りたいくらいだわ」

女は最後に吐き捨てるようにして言った。オリビアは視線を胸元に落とす。

（確かにゼットは冥界の門に人間が近づかないよう森全体に結界を張っているって言って

た。森に住んでいたわたしだってこの宝石がなければ抜け出すことができたかどうかわからないくらいだから、そりゃあ一度足を踏み入れたら出られないよね）

女の言葉に嘘はないと判断し、オリビアはいよいよ本題に入ることにした。

「ところであなたはゼットを知ってる？」

「ぜっと？」

「そう、死神のゼット」

オリビアは身振り手振りでゼットの特徴を詳細に語って聞かせた。黒仮面には名前を知っているか尋ねただけで特徴を伝えることを怠った。だからわからなかったのかもしれない。そうオリビアは考えたのだが――。

「……今さら作り話をするとは思えないから正直に言うけれど、はっきり言ってそんな得体のしれない生き物なんて知るわけがないわ」

苦悶の表情の中にも困惑を滲ませる女の様子は、オリビアになにも知らないことを如実に感じさせた。念のため知っていそうな仲間がいないか尋ねてみるも、苦笑と共に返ってきた言葉はオリビアの期待に副うものではなかった。

ゼットの行方はまたしても空振りに終わってしまったけれど、自分のルーツを知ることができたのはそれなりに収穫だった。

「色々教えてくれてありがとう。わたしはわたしのことがほんの少しだけわかったような気がする」

「それは……なによりだわ」

搾りかすのようなかすれた声を漏らす女へ、オリビアは最後の質問をした。

「それでさ。わたしの命を狙っているお仲間さんはあと何人いるのかな？」

「……ギャッ！」

「沈黙は許さないって言ったよね？」

オリビアは二つ目の指をへし折りながら淡々と言う。女は亀のように身を縮こまらせ、残りの阿修羅（アスラ）はあと七人だと叫んだ。

聞いておいてなんだが、暗殺者と言う割には簡単に口を割るんだなと益体もないことをオリビアは思った。

「ならその七人に伝えて。わたしを殺そうとするのは一向に構わないし止めもしないけど、聞きたいことは全部あなたから聞いたから、今度わたしの前に姿を見せたら躊躇（ちゆうちよ）なく殺す。わかったかな？」

顔を上げた女はオリビアを見つめ、唇を震わせながら小刻みに首を振る。

オリビアは頷（うなず）き、勢いよく立ち上がった。

「じゃあちゃんと伝えてね。バイバイ」

視界からオリビアの姿が完全に消えたことを確認したクリシュナは、息をすることも忘れていたことに気づき、無我夢中で肺に空気を送り込んだ。

「はあ、はあ……なんて、なんて笑みを見せるのよ……」

稀代の暗殺者であるクリシュナですら魂を凍てつかせてしまうほどの微笑。あんな微笑は人間がしていいものでは断じてないとクリシュナは思った。

(最後の最後にとんだ化け物が現れたものね)

クリシュナは自嘲し、視線を前方へ向ける。伝達者の役割を担う形でクリシュナは生かされたわけだが、攻撃がもしミラージュより先に届いていたら、間違いなくあそこで転がっていたのは自分のはず。

深淵人に敗北を喫した悔しさよりも、今も体にこびりつく恐怖のほうがはるかに勝っていた。どんなふうに育てられたらあんな化け物になるというのだ。

(もう深淵人なんてどうでもいい……)

間違いなく上位捕食者であるオリビアに、クリシュナが抗う術は残されていない。あとは一言一句正確にオリビアの言葉を、そして脅威を仲間たちに伝えるのみである。

それでも契約を完遂するため阿修羅は決して止まらないだろうが、その先に待ち受けているものを想像し、クリシュナは土気色の唇を歪めるのみだった。

Ⅳ

アシュトンから至急戻ってほしいとの連絡を受け、オリビアは本陣に帰参した。

オリビアが垂れ幕を勢いよくめくれば、アシュトンが机に置かれた布陣図を凝視している。隣に立つクラウディアは心配そうな目をアシュトンに向けていた。

「ただいま！」

慌ただしく敬礼する兵士たちへ、オリビアも同じく敬礼を返しながら机を挟んだ形でアシュトンの正面に立つと、こちらを見ることもなく悔しそうに口を開いた。

「このままだとそう遠くないうちに戦線が崩壊する。……僕の責任だ」

オリビアも布陣図に目を落とし、アシュトンの言葉が間違っていないことを確認した。

「そんなに落ち込むことないよ。アシュトンの戦術が相手に劣っていたなんてことはないから」

慰めでもなんでもなくアシュトンが採用した戦術はそのどれもが完璧だった。ただ、惜しむらくは相手の戦術も同様の水準だったということ。

戦術が拮抗（きっこう）しているのなら勝負を決するのは個々の兵士の力。戦に不慣れな兵士を多数抱える第八軍と、精強で鳴らす蒼（あお）の騎士団。どちらに軍配が上がるかは火を見るより明らかで、実際第八軍はかなりのところまで追い詰められていた。

「……閣下、ここは一時引くべきです。幸いにも第二連合軍は戦局を有利に進めているとの報告を受けています。合流して軍を再編すればまだ勝ち目もあるかと」

拳を固めるアシュトンを気にしつつも、クラウディアが撤退を進言する。オリビアは陣幕の奥に足を進め、ジャイルが作ってくれたお手製の王様椅子に深く腰掛けた。

「それもいいかもしれないね」

湖面に落ちた一滴の雫のように言って、オリビアは静かに瞳を閉じる。

クラウディアの案は一見有用に聞こえるが、同時に相手は時間を手に入れる。それは、今というときに限っては白ら口の中へ猛毒を流し込む行為と一緒だ。

この戦いに至るまで順調に事を進められたのは、つまるところ王国軍が帝国領に侵攻できるはずがないという思い込みから始まっている。だが、帝国も思い知ったはずだ。そんなものは幻想であるということを。

アシュトンと互角の戦術を繰り広げたフェリックスなら、こちらが引いたら追撃などには目もくれず、光の速さで防御を固めてくるに違いない。その時点で王国軍は〝詰み〟だ。閉じた瞳を再び開けば、ここにいる全ての者の視線がオリビアに注がれていた。

「――こうなったら大将首を狙うしかないね」

オリビアの言葉に誰もが戸惑いの表情で下を向く。劣勢の中で大将首を狙うことがどれだけ無謀で無茶な行為なのかを知っているからこその反応だ。

　しかし、クラウディアだけは微笑む。小さな一輪の花というべきそこはかとない微笑みは、ここにいる全ての者を弥が上にも引きつけた。

「やはりどんなときでも閣下は閣下ですね。そう言うだろうと思っていました」

「そっか……クラウディアにはわかっていたんだ」

「これでも私は閣下の副官です。なによりここで引いたら閣下らしくありませんから」

　クラウディアは最初に副官として常識的な意見を述べた。それが副官の役目と心得ているからに他ならない。筋は通し、最終的には自分の無茶を聞き入れてくれる。

　オリビアにとってクラウディアは唯一無二の副官であり、そして大切な友達だった。

「一応聞くけど反対意見はあるかな？」

　見渡し、オリビアは最後にアシュトンを見つめる。

「……あるわけないさ。この戦いが始まる前にも言ったことだけど、僕はどこまでもオリビアについていくだけだ。これからも、その先も」

　間もなく戦場は十九回目の夜を迎えようとしている。

　オリビアは主要な指揮官の招集をクラウディアに命じた。

　陣幕内を囲うように置かれた篝火から薪の爆ぜる音が聞こえてくる。

　オリビアの招集に応じて集まった者たちの顔は明らかな疲労感に包まれていた。ルーク

オーバーラップ文庫＆ノベルス
NEWS
文庫注目作
「私たちは恋人じゃないわ
──夫婦よ」
「えっ？」
ネトゲの嫁が人気アイドルだった1
~クール系の彼女は現実でも嫁のつもりでいる~
著：あボーン　イラスト：館田ダン
ノベルス注目作
予想外の
溺愛でした！
芋くさ令嬢ですが
悪役令息を助けたら
気に入られました1
著：桜あげは　イラスト：くろでこ

やエヴァンシンは素より、陽気なジャイルでさえ気難し気な表情で腕を組んでいる。エリスに至っては、椅子に座るなり上半身を長机に滑らせた。

「みんな疲れているのにわざわざ来てもらって悪いね」

オリビアがそう言えば、一転して笑みを顔に張り付かせたジャイルが「全然疲れていません。自分は疲れを知らない男ですから」と、虚勢を張ってみせる。

普段なら豪雨のごとき皮肉を浴びせるであろうエリスは、このときばかりは言葉を発することはなかった。

「みんなも薄々わかっているとは思うけどあえて言うね。このままだとわたしたちは負ける」

咄嗟に口を開くものは皆無で、しかし、驚いた様子もなかった。みんなも状況は痛いほどよくわかっているのだろう。

「――たしかに逃げ出すなら今が最善ですね」

辛辣な言葉を放ったのが、ほかの誰でもなくルークだったという事実が皆の注目を一身に集めた。常に最前線で戦っていた彼だからこそ、即座に撤退することを口にしたのだろうとオリビアは思った。

「じゃあ改めて今の戦況をアシュトンから説明してもらうね。ほら、わたしっていまいち説明が下手だから」

笑んで視線を向ければ、アシュトンが椅子から立ち上がる。

「……まずはみんなに謝罪する。全ては僕の戦術の甘さが招いたことだ。本当にすまない……」

深々と頭を下げたアシュトンに対し、真っ先に声を上げたのは机から上半身をゆっくり起こしたエリスだった。

「自分の戦術をもってすれば全ての戦いに勝てる、そうアシュトン中佐は思っているみたいですけど、それって少し自惚(うぬぼ)れが過ぎませんか？」

言われ、アシュトンはたじろいだ。

「いや、決してそんなことは……」

「蒼の騎士団は本当に強い。個々の技量もそうだけど、ただ強いだけじゃない。決して折れない芯のようなものが身に備わっている。それをバキバキに折らない限りはこの戦いに勝機はない。──口惜しいにもほどがあるけどね」

珍しくエリスが悔し気にそう言えば、エヴァンシンが言葉を続ける。

「姉貴の言う通り、蒼の騎士団は揺るがない強さを持っています。僕は彼らと戦ってみてその強さの根源がある一点に集約されていることに気づきました」

ここで初めてエリスがいつもの笑みを浮かべた。

「愚弟にしては上出来じゃない」

「愚弟は余計だ！……つまり、総司令官であるフェリックス・フォン・ズィーガーを討ち取れば、蒼の騎士団に大きな歪が生じると確信しました」

ルークはエリスとエヴァンシンをそれぞれ一瞥した後、盛大な溜息を落とした。

「そんなことはお前たちが口にするまでもなくここにいる誰もがとっくにわかっていることだ。それとお前たちの下らん企みもな。――全く、総司令官を率先して使おうだなんて一体どういう了見なんだ？」

呆れ顔でルークがそう言えば、

「よく言うわよ。兄貴だって全部わかった上で『たしかに逃げ出すなら今ですね』なんて心にもないこと言っちゃってさ。結局は同じ穴の貉じゃない」

「――ッ」

ルークが言葉を詰まらすと同時に、爆ぜるような笑いが陣幕内に響き渡った。

重苦しかった空気が霧散したことにクラウディアとアシュトンはポカンと互いに顔を見合わせ、オリビアもさすがに意味がわからず戸惑いを覚えていると、代表する形でジャイルが声を上げた。

「隊長の考えなんてみんなお見通しですよ。大体何年隊長の下で働いていると思っているんですか」

当たり前のように言うジャイルへ、「二年くらいしか経ってないよね」とオリビアが真面目に突っ込めば、ルークのように声を詰まらすジャイルを見て、さらなる笑いが巻き起こる。まるで戦勝後の祝賀会のようなにぎやかさだ。

エリスは隣で項垂れるジャイルの肩に手を置く。

「ジャイルはまぁこの通りの馬鹿丸出しですが、オリビアお姉さまの考えがわかるのはその通りです。私のオリビアお姉さまが多少の逆境に立たされたくらいで逃げ出すような人間なら、エリス・クロフォードはここまでお慕い申しておりません」

唇に舌を這わせ、濡れた瞳をオリビアに向けてくるエリス。背中に強烈な悪寒が走り、オリビアは全身を震わせる。

クラウディアが強めの咳払いをしたことで、和やかな空気は収束に向かった。

「わかっているなら話は早い。閣下は敵の総司令官、つまりフェリックス・フォン・ズィーガーと雌雄を決する」

「我々が為すことはそのための〝道〟を作ることですね？」

エヴァンシンが問いかけ、アシュトンが深く首肯した。

「その通りだ。だけどこの道を作るのは容易なことじゃない」

「そのために私たちを呼んだんでしょう？　任せなさいよ」

エリスが不敵な笑みを見せ、ルークとエヴァンシンも苦笑しながら同意を示す。ジャイルを筆頭にほかの将校たちも鼻息を荒くし、やってやるぞと気炎を上げる。

再び瞳を閉じたオリビアは、胸に手を当てて初めての言葉を口にする。

「みんな、わたしを助けて。わたしひとりでできることはたかが知れているから」

戦争という歪な世界の中で、オリビアは人がひとりでできることの限界を知った。そして同じ刻を共有する仲間がいることで人生はこんなにも鮮やかに彩られ、そして豊かになるということも。

オリビアの言葉を聞いた誰もが息を止めた。だが、それも一瞬のことだった。弾かれるようにして椅子から立ち上がったエリスが、襲い掛かる勢いでオリビアに抱き着く。

「オリビアお姉さま任せてッ！　私がッ！　私がオリビアお姉さまを助けるからッ！」

「いや俺だッ！　隊長の右腕たる俺が助けるんだッ！」

エリスに続いて立ち上がるジャイルに、鋭い一喝が飛ばされた。

「ジャイルはその場から一歩も動くな！――貴様はいい加減閣下から離れろ！」

眉を鋭利な角度に上げたクラウディアが、オリビアの体からエリスを強引に引き剝がすも、エリスはなお未練がましく手を必死に伸ばす。

その姿にジャイルを除く全員が一斉に溜息を落とした後、アシュトンが今まで見たことないほど真剣な表情を向けてきた。

「ほかの誰でもない。オリビアが進む道は僕が必ず造り上げてみせるから」

「うん。期待しているよ」

オリビアが笑えばアシュトンの顔が瞬時に赤く染まり、あれだけアシュトンを心配していたクラウディアが、なぜか今は冷笑をもってアシュトンを見つめている。

オリビアは最近板に付いてきた見て見ぬ振りを発動し、表情を硬くして皆に告げた。

戦いはここからが本番である、と。

V

後日ターナ会戦と名付けられたこの戦いも二十日が経過し、蒼(あお)の騎士団の兵力は約二万。そして、第八軍の兵力は一万四千までその数を減らしていた。

当初は蒼の騎士団の兵力が五千ほど下回っていたのと、なにより死神オリビアの封じ込めに成功しているという事実が、弥が上にも士気が高まるのはもはや必然といえよう。

蒼の騎士団の兵士たちの誰もが若き総司令官の手腕を礼賛(らいさん)し絶対的な信頼を向けるも、その対象であるフェリックスはといえば、日に日に眉間の皺(しわ)が深くなっていた。

蒼の騎士団　本陣　早朝

「……どうぞ」

控えめにかけられた声に目を開ければ、横から湯気の立つカップが差し出されている。

フェリックスは組んでいた両腕をやんわりと解いた。

「ありがとう。まだ夜が明けたばかりだというのに早いですね」

「それを閣下に言われたくはありません」

微笑むテレーザに礼を言ってカップを受け取る。中身はフェリックスが好んで飲むホウセン茶で、喉に流し込めば苦みの中にも仄かな甘みが広がった。

ふうと息をつき、カップをテーブルに置く。

「美味しかったよ」

「もう一杯いかがですか？」

テレーザがカップを回収しながら尋ねてくる。フェリックスは首を小さく横に振ることでテレーザの申し出を断った。いつものテレーザならそのまま立ち去るのだが、今日に限ってはカップを握り締めたまま何故か動こうとしない。

顔を見れば所在なく視線を宙に漂わせている。が、それも僅かの間であった。一転して真っすぐ見据えてくるテレーザに、フェリックスは居住まいを正す。

「私は閣下の副官で間違いありませんよね？」

フェリックスはテレーザの問いに対し、すぐに言葉を返すことができなかった。テレーザがフェリックスの副官であるのは今さら確認するまでもないことであり、それを本人の口から尋ねられても正直困惑するばかりである。

更迭したということであれば話もまた変わってくるが、少なくとも彼女以上に優秀な人材を幸か不幸かフェリックスは寡聞にして知らない。再び同じ質問を繰り返すテレーザにフェリックスができたことといえば、ただただ頷くことだけだった。

「では副官としてお尋ねします。閣下はなにを憂えているのですか？」

「――そう見えますか？」

「はい。はっきりと」

淀みなく答えるテレーザを見て、フェリックスは後頭部を搔いた。

「言いにくいのであれば私から言わせていただきます。現在我々は戦局を有利に進め、第八軍が戦線を維持できなくなるのはもはや時間の問題かと思われます。にもかかわらず閣下がこうも憂えている理由。――死神オリビアのことですね？」

「……少し、迷っています」

精強な一部の部隊は別として、第八軍の兵士は最初に感じた通り脅威たり得るものではなかった。脅威だったのは感嘆を禁じ得ない数々の戦術。戦場においてたらればの話をするほど愚かなことはないが、それでも第八軍の兵士が十分に鍛えられていたとすれば、蒼の騎士団といえど相当の苦戦を強いられていたはず。少なくともテレーザから差し出されたホウセン茶をゆっくり飲んでいられる状況ではなかったはずだ。

当初オリビアが戦術の全てを担っているとフェリックスは考えていた。しかし、万華鏡のように形を変えていく敵の戦術は、いつしかフェリックスに迷いを生じさせ、迷いは隙を生む源泉となった。結果後手に回ることが多くなり、先手を取ることで相手を封じ込めることを得意とする戦術が使えず、序盤はかなり苦戦を強いられる形となった。

それでも戦いが進むに連れて蒼の騎士団本来の力が発揮できるようになると、今度はどうにも拭えない違和感を覚えることとなる。

戦術は持って生まれた性格が、本人のあずかり知らぬところで影響を及ぼしていたりする。これまで敵が披露した数多（あまた）の戦術は非凡という点でいえばどれも共通するも、その性質において全く異なっていた。

表と裏――。

光と影――。

一見相反するこれらも、しかし、互いを失（な）くして存在することはできない。

時に巧緻、時に大胆不敵に繰り出される数多の戦術は、オリビアともうひとりの人物によって考えられたものだとフェリックスは結論付けた。

戦術の担い手が二人いるとわかれば、対応はそれほど困難ではない。フェリックスも思考を二つに切り分け、それぞれに見合った戦術を駆使していけばいい。中盤以降は戦場を掌握することに成功し、攻勢限界点に達する前に第八軍を追い詰めることができた。

「おかしな言いように聞こえるかもしれませんが、優勢だからこそ迷っています。おそらく第八軍は今後撤退することを視野に入れてくるでしょう。それはこちらとしても望むところなのですが……」

残念ながら蒼の騎士団と別れた四万の別働軍は苦戦中との報告を受けている。第八軍が自国に撤退、もしくは優勢に事を進めている王国軍と再び合流し軍を再編するにしても、それなりの時間は要するとフェリックスは踏んでいる。

その隙に堅固な防御陣を構築すれば王国軍の帝国領侵攻は失敗に終わる。陽動としてキール要塞に展開していた王国軍もおそらく軍を引くだろう。

もっとも重要なこと。それは一にも二にも帝都に王国軍の侵入を許さないことであり、まだまだ予断を許さない状況ではあるが、目的は八割方達成されたといえた。

「閣下は死神オリビアとの決着をつけるかどうか迷っているのですね？」

テレーザに核心を突かれ、フェリックスは苦笑した。

「帝国軍にとって彼女は現在も、そして未来においても脅威以外のなにものでもありません。今が彼女と決着をつける唯一にして最大の好機であることは否定できません」

「……では副官として進言します。閣下の強さは存じていますが、それでも死神オリビアとの直接対決は避けるべきです」

当然理由を述べるだろうと続きの言葉を待つも、テレーザの口が開かれることは終ぞなかった。踵を返して黙々と立ち去るテレーザを、フェリックスはただ黙って見送る。

「副官の心情くらい察しろということかな……」

今この場に答える者は誰もいない。

ひとり苦笑し、フェリックスは再び目を閉じた――。


フェリックスが確たる方針を決めぬまま日は没し、第八軍が活発な動きを見せたとの知らせが届いたのは翌日のことだった。

「第八軍、後退を始めました！」

声を弾ませる伝令兵の言葉に、立ち並ぶ将校たちから一斉に歓声が上がった。口々に死神オリビア敗れたりとの声を上げ、誇らしげな表情で談笑を始める。

そんな彼らの間を縫うようにしてフェリックスの前に跪くのは三人いる宿将のうちがひとり――バルボア・クロイツェル少将である。

「閣下、追撃のお下知を」

威厳に満ちたバルボアの声は談笑を止めるのに十分な効果を発揮した。将校たちはフェリックスに体を向けると、バルボアに倣うよう一斉に片膝をつく。

熱く煮えたぎるような視線を一身に浴びることとなったフェリックスは、顎下をなぞるように親指を滑らせた。

「第八軍はどこに向かって後退していますか？」

「はっ！　現在北東方面に向けて後退しています！」

フェリックスはテレーザから差し出された地図を広げた。

「北東……エルフィール渓谷ですか」

赤茶けた巨大な岩が連なるエルフィール渓谷の道は狭隘で知られている。大軍を動かすのは物理的に不可能であり、第八軍が退路に選んだのも頷けるが……。

「なにか気になることでも？」

バルモアが神妙な顔で話しかけてくる。

「おそらくエルフィール渓谷には事前に伏兵が配置されていると思われます。追撃は行いますが、あくまでも渓谷の入り口までとします」

ここまで様々な戦術を駆使して戦ってきた第八軍が、ただ漠然と退却するとは思えない。こちらの追撃の意志を挫くためにも隊列が一番伸びきった場所、つまり中間位置付近で逆撃をかけてくるはずだと自身の予測を説明した。

「罠……少々よろしいでしょうか？」

小鳥のさえずりのような綺麗な声を発したバイオレットが、軽やかな足取りでフェリックスの隣に並んだかと思えば、持っている地図を覗き込んでくる。その際バイオレットの髪の一部がフェリックスの頬に軽く触れ、同時に甘く優しい香りを運んできた。

「ほとんど使われない道なので地図には描かれていませんが、ちょうどエルフィール渓谷の出口付近に通じる抜け道があります。このあたりです」

　バイオレットは描かれている森を横切るように指でなぞる。

「馬で駆ければ彼らの鼻面を間違いなく抑えることができます。彼らもよもや正面に我々が待ち構えているとは思わないでしょう」

「抜け道ですか……そういえばバイオレット中将の生家はこのあたりだと言っていましたね」

　バイオレットは嬉しそうに微笑んだ。

「おっしゃる通りです。若かりし頃はよくこのあたりで狩りをしていました」

「今でも十分若いですよ」

「あら。閣下からそのような言葉をいただけるとは思っていませんでした。私にもまだ脈があると思ってよろしいのでしょうか？」

　華やかな笑みを向けられて、フェリックスの視線は常になく宙を彷徨ってしまう。背後からテレーザの咳払いが幾度となく聞こえ、フェリックスもなぜか同調するように咳払いをした。

「ではバイオレット中将に追撃部隊の指揮を任せていいですか？」

「はっ！　お任せください！」

「すでに我々の目的は達成されました。くれぐれも無茶だけはしないでください」

智勇に秀でたバイオレットは蒼の騎士団にとってなくてはならない存在。ほぼ勝利が約束されたこの状況で失うわけにはいかない。

バイオレットは敬礼の姿勢を崩すことなく、

「引き際は心得ていますし、ご心配なさらずとも綺麗な体で戻ってきます。どうぞご安心ください！」

背中を切り裂くような視線を感じながら、フェリックスはたどたどしく頷くのだった。


その後即座に軍を再編したフェリックスは、第一追撃部隊の指揮官にバルボアを任命した。七千の兵を率いたバルボアは東進しながら退却する第八軍を追う。第二追撃部隊として同じく七千の兵を率いるバイオレットは、北東に広がる森へと向かった。

ターナ平野に残ったフェリックスは早速防御網の策定に取り掛かるも、すぐにひとりの少女の姿が脳裏を掠め、地図上に走らせていたペンを止めてしまう。

（エルフィール渓谷を退路に選んだということは、分かれた軍とは合流せずそのまま王国に撤退するのはまず間違いない……。しかし、これで本当に良かったのだろうか？）

いくら苦戦を強いられようとオリビアが撤退を選択するはずがないと、そうフェリックスは心のどこかで思っていたのかもしれない。そのために判断が遅れたことも否定できないが、結果的には王国軍の帝都侵攻作戦は失敗に終わった。

無論、再び帝国領土を蹂躙させるつもりなど毛頭ないし、今後のフェリックスが隙を生じさせることもあり得なかった。

（今はこれでよしとすべきだな）

自らにそう言い聞かせ、再び地図に視線を落とすフェリックスであった。

Ⅵ

第一追撃部隊　バルボア軍
バルボアは身を切るような寒風すら心地よいと感じつつ肺に冷たい空気を存分に送り込みながら、老いを毛ほどにも感じさせない覇気を全身から放った。

「死神オリビアも我ら蒼の騎士団の前では膝を折るよりほかなかった！　だがまだだ！　まだ足りない！　鍛えに鍛えし蒼き牙を深く、より深く突き立てよ！」

飛んでくる矢を右へ左へと長柄で打ち払い、大音声でもって味方を鼓舞すれば、兵士は大地を震わせる雄叫びをもって応え、後退を続ける王国兵士を冥府へ突き落としていく。

追撃を始めてから早一時間が経過した頃――。

「む……!?」

防御を固めていたいくつかの小集団を蹴散らしたバルボアの視界に、黒い武装で身を固めた兵士が割って入ってくる。数はざっと見積もって三百ほど。

（死神オリビアが身に着ける鎧も黒と聞く。数からいって奴の親衛隊か？）

黒の部隊に近づくにつれ、なんとも危険に彩られた香りを感じ取ったバルボアが警戒を促すより先に、驟雨がごとき矢が自軍に向けて降り注いでくる。矢も黒で染められているためか、まるで闇が覆い被さってくるような感覚に陥った。

「防御態勢ッ！」

バルボアの命令は、しかし、馬の嘶く声や兵士たちの声によって瞬く間にかき消された。先行していた兵士たちの多くは空中に投げ出されるか黒い矢に穿たれ、馬は雪崩を打って次々に倒れていく。威力といい正確無比な射撃といい、手練れの弓兵で間違いない。

「静まれいッ！」

バルボアは巧みに手綱と鐙を操ることで、暴れに暴れる愛馬をなんとか落ち着かせることに成功する。よくぞ耐えたと愛馬の背を軽く撫で、次に丹田に力を込め、最後は再び大音声を戦場に轟かせた。

「止まるなッ！　止まれば相手の思う壺ぞッ！　疾風を纏いて駆け抜けよッ！」

今の攻撃で軍列はかなり乱れたものの、兵士たちは黒の部隊を跳ね殺す勢いで馬を駆っていく。バルボアが再び馬を疾駆させて間もなく、今度は黒の部隊の後方から人ひとりを覆い尽くすほどの巨大な盾を構えた兵士が続々と姿を見せ始めた。

　三列横隊で黒の部隊の前面に陣取ると、こちらの突進を阻むかのように地面へ突き立てる。あたかも挑発しているようなその姿に、バルボアは自然と笑んだ。

「笑止！　そのまま蹴散らせッ！」

　常なら異様を警戒し、動きも鈍るもの。だが、絢爛たる青の鎧を身に着けし兵士に限って躊躇はない。それぞれが戦気を全身に纏い、巨大な盾に向かって突貫を敢行する。

　民衆はとかくその美々しさばかりに目を奪われがちだが、蒼の騎士団に華麗という言葉は存在しない。どんなに泥に塗れようが無様を晒そうが、愚直なまでに勝ちを摑みにいく。それが蒼の騎士団の真骨頂。

（個々の名誉など不要。蒼の騎士団に栄光が降り注げばそれでよい）

　虚を突かれた先程とは違う。落馬した兵士たちはすぐに抜剣し、王国兵に斬りかかる。このまま乱戦に突入すると思われたが、王国軍は攻撃を流しつつ再び後退を始めた。

　バルボアは血にけぶる長柄を縦横無尽に振るいながら、

「引かせる――ッ!?」

　突如バルボアに悪寒が走った。無意識に首を左に傾けた瞬間、獣の咆哮がごとき音が耳を貫き、矢がこめかみを掠めていく。

　今度こそバルボアは大きく体勢を崩し、あえなく落馬してしまった。

「バルボア閣下！」

自身の体を抱き起こそうとする兵士の腕を邪険に振り払い、顔を上げたバルボアが見た光景。それは弓を構えながら不敵な笑みを浮かべるひとりの男だった。

「俺の矢をよけたか。さすがにやるな」

男はそのままくるりと背を向け、悠然とした態度で去っていく。バルボアは男から視線を外すことなく片膝に手を押し当てながら立ち上がる。

こめかみから流れ出る血が、ぽたりと地面に落ちた。

「お怪我を……」

「こんなもの傷のうちにも入らん」

バルボアは手ぬぐいを差し出す副官を一蹴し、得物についた血糊を存分に振り払った。

(あの男の目。雰囲気からして指揮官クラスであるのは間違いなさそうだが、あれは断じて敗北を認めた男の目ではなかった……)

バルボアは違和感を抱きながらも追撃の手を緩めることはなかった。

それから二時間後に第八軍はエルフィール渓谷に到達した。このまま追撃を続けたいバルボアであったが、それでは命令違反となってしまう。そもそも罠があると知って飛び込むのは勇猛ではなく無謀。はき違えてはならないと自らを戒める。

(それなりに戦力は削った。後はバイオレット中将にお任せするとしよう)

「無用!」

バルボアは全軍に追撃停止の命令を発した。

第二追撃部隊　バイオレット軍

バイオレット率いる第二追撃部隊は、後退する第八軍に先んじてエルフィール渓谷に到着した。馬蹄状に軍を展開し、万全の態勢で第八軍を待ち受ける。そうとも知らずのこのこ姿を見せたそのとき、荘厳なる鎮魂歌が華やかに奏でられることだろう。

馬上で形の良い唇を緩ませているバイオレットの下に、副官のカサキ少佐が神妙な顔で近づいてくる。彼はアナスタシア家の親戚筋にあたり、つまりバイオレットのことを幼少の頃より知っている軍人だ。

（またですか……）

これで三度目である。当然なにを口にするのかもわかっているので、バイオレットは呆れをこれでもかとばかりに顔へ張り付かせ、カサキよりも先に口を開いた。

「ここから一歩も下がるつもりはないわよ」

「そこを曲げてお願いいたします。もう少しだけ後方へお下がりください。その身に万が一にもなにかあれば、閣下のお父上であるブレン様に申し開きができません」

「そんなものは杞憂に過ぎません。アナスタシア家はなによりも武を尊ぶ家柄。たとえ私が死んだとてそれが栄えある死であれば、父も喜んで受け入れる」

「表面上は閣下のおっしゃる通りかもしれません。しかし、こと娘のこととなればそう単純に割り切れるものでもございません。まして閣下のような娘を持った父ならなおさらです。どうぞ今一度ご再考を」

「……これ以上は無用。下がりなさい」

語気を強めて睨みつければ、カサキは黙って一礼後、肩を落として立ち去っていく。カサキがしきりに後退を促すのは、むしろ副官としては当たり前のことだった。

現在バイオレットが陣取る位置は矢が届くのは当然として、仮に第八軍が死兵となって突撃の構えを見せた場合、槍や剣すらも十分に届く。それでも留まる理由はただひとつ。噂の死神オリビアを直接目にする絶好の機会だからに他ならない。

(フェリックス様の心を騒がせる女。どれほどのものかこの目で見定めて差し上げます)

それから約二時間後――。

「――第八軍、現れました」

物見から連絡が入り、第八軍の先頭集団を視界に捉えた第二追撃部隊は、静かに戦闘態勢へ移行した。バイオレットが天に向けて真っすぐ左腕を伸ばせば、ギリギリと弓を引き絞る音が森を駆け巡る。

地形を利用して巧みに身を隠す第二追撃部隊。第八軍は警戒する動きを見せつつも、こちらの存在に気づいた様子は見られない。

バイオレットは遠眼鏡で距離を測りながら限界まで第八軍を引き付け、伸ばした左腕を颯爽と振り下ろした。

「放てッ！」

時を置かずに放たれた矢は、空中で美しい弧を描きながら第八軍に殺到する。

この時点ではバイオレットのあずかり知らぬことだが、バルボアが受けた弓攻撃を時と場所を変え、第二追撃部隊が意図せず意趣返しをした形だ。

降り注ぐ矢に予想通りの混乱を見せる中、第八軍が反撃を開始する。だが、統制が取れていない無秩序な反撃は混乱に拍車をかけるだけ。どこを狙っているともわからない矢が一本、また一本と飛来するその様を見て、バイオレットは思わず苦笑してしまう。

結局第八軍は混乱を抱えたまま、出てきた巣穴に逆戻りしていく。弓隊の攻撃は第八軍が射程外に出るまで続けられ、数百に及ぶ死体の山を築き上げた。

（奇襲はまずまず成功ね。まぁ当然と言えば当然の結果ですけれど）

バイオレットは安堵の表情で部下に指示を出すカサキに声をかけた。

「混乱を収めるまで再び巣穴から出てくることはないでしょう。――これより軍を三隊に分けます。二隊は攻撃態勢をそのまま維持。残る一隊は休息とします」

カサキは承知した旨を告げ、早速動き始める。バイオレットの瞳はすでに巣穴の先にいるであろう少女に向けられていた。

（前門の虎、後門の狼とはまさにこのことね。さてさてこの状況に死神さんはどう動くのかしら？）

バイオレットは艶やかに微笑んだ。

第八軍　本隊

（大分予定が狂ってしまったな）

第八軍の本隊を率いるルークは、鮮やかな奇襲を演じた蒼の騎士団に舌を巻いた。

蒼の騎士団の目を欺くための撤退が決まり、退路を狭隘な渓谷に設定した時点で、多数の長弓兵を事前に配置した。

このときすでにアシュトンは、蒼の騎士団が伏兵の存在をあらかじめ察知するだろうと確信に近い形で予想していた。ここがまさに重要な点で、目的は奇襲でなく敵の追撃を早々に諦めさせることにあった。

アシュトンの予想は現実のものとなり、追撃を行っていた敵部隊は第八軍が渓谷に到着したと同時に足を止めた。第八軍は渓谷を抜けた後そのまま退却したと見せかけ、その実反時計回りに渓谷を迂回しながら再びターナ平野に戻り、予定の地点でオリビアからの連絡を待つ。勝利の報が届き次第、帝都に向けて一気に進軍するまでが策だった。

しかしながら実際は渓谷を抜けた途端に奇襲を受け、第八軍は這う這うの体で元来た道を戻ることとなった。

（アシュトン中佐も抜け道の存在までは予期できなかったか……しかしこうなると袋のねずみ状態だな）

今さら逆進したところで先程の追撃部隊が待ち受けているのはもはや疑いようがない。喜び勇んで追撃を再開してくることだろう。

（かといってこのままジッとしているわけにもいかない。オリビア閣下がここにいると奴らが思っている以上は、なにかしら行動を起こさないと要らぬ疑心を呼び込んでしまう。それだけは絶対に避けなければならない）

オリビア率いる部隊の奇襲は明日、夜明けと同時に決行される。こうなった以上は是が非でも敵の目をこちらに引き付けておく必要があった。

「強引に突破しますか？」

強行策を進言する副官に対し、ルークは即座に却下を口にする。

「仮にそれができたとしてもこの状況だ。敵を振り切ることなどまずできはしない。そうなると損害も無視できないものとなる」

「ではここに留まると？」

「現状ではそれが最適解だ」

「我々がここに留まれば敵は大人しくしていると少佐は思っているのですか？」

「そんなことは敵に聞いてくれと言いたいところだが、少なくとも地の利はこちらにある。それに相手は勝利を確信している」

「……つまりどういうことでしょう？」

「お前なら勝利を確信したのち、わざわざ危険な場所に飛び込みたいと思うか？　俺だったら丁重にお断りする」

いくら勇猛であろうとそこは人間。酔狂な人間も中にはいるかもしれないが、大多数の人間は勝利に酔いたいし、酔いたいからこそ命を惜しむものだ。

「……確かに少佐の言うことは理に適います」

それ以上、副官が諫言することはなかった。

（そうはいっても指揮官が酔狂な人間だったらそれまでだが。それにしてもここにクラウディア大佐なりアシュトン中佐がいてくれれば、俺はこんなに頭を悩ますこともないのに。今回損な役回りばかりだな）

内心で深い溜息を吐きながら、ルークは次なる命令を発した。

第二追撃部隊　バイオレット軍

「……なにを考えているのかしら？」

休息に入ったバイオレットは籠の中のパンに一旦は手を伸ばすも、結局手に取ることをしなかった。

最初の奇襲からかなりの時が流れるも、第八軍に顕著な動きは見られない。盾を構えた少数の部隊が姿を現す度に、満を持した弓隊の一斉射撃を受けてすごすごと巣穴へ戻っていく。それを馬鹿のひとつ覚えのように何度となく繰り返した挙句、それすらも途絶えてしまったのが今の現状だ。

「未だ方向性を決めかねているように私には見えますな」

カサキの言を否定するまでもなく、バイオレット自身もそう思う。今さらターナ平野に引き返すとも思えないし、仮にそうだとしてもバルボアが黙っているはずもない。

要するに第八軍に事実上選択肢はないのだ。

（開戦直後に見せた一騎駆けまでとは言わないですけれど、似たようなことは仕掛けてくると思っていたのですが……）

あれほど大胆な戦術をとったオリビアである。このままエルフィール渓谷に留まることなどあり得ない。しかも、補給路を確保できている第二追撃部隊とは違い、穴に閉じ込められた第八軍の食糧は有限ときている。動かなければ腹も減らないなどと都合のよいことはなく、だからといって量を減らせば士気が衰えていくのは明らか。仕掛ける機会を窺っているのなら、食糧に余裕がある今がそのときなのだ。

バイオレットは風で乱れた前髪を右に流す。

（少しこちらから仕掛けて様子を見てみますか……）

その反応をもって死神オリビアの意図が読めるかもしれないと考えたバイオレットは、早速行動に移すべくホウセン茶をすすっていたカサキに目を向けた。

「カサキ」

カサキはすぐに首を横に振った。

「まだなにも言っていませんが？」

「言わずともわかります。こちらから仕掛けて敵の反応を見るおつもりなのでしょう」

カサキは鎧に零れ落ちたパン屑をのんびりはたきながら反対の言葉を口にする。

「なぜ反対する？」

「閣下は毒蛇がいるとわかっている穴に嬉々として手を突っ込む趣味をお持ちではありますまい。言うまでもないことですが私だってそうです」

腹の立つたとえではあったが、言いたいことはわかる。カサキは湯気がほんのりと立つカップを静かに差し出して言う。

「フェリックス閣下がおっしゃった通り、第八軍が退いたことで我々の勝利は確定しています。あえて危険を冒す必要はありません。食糧が底をつき灰狐のように獲物が這い出てくるのを討つのが最良の選択。わざわざ餌を与えてやる必要などないでしょう」

カサキの言うことはいちいちもっともで、だからこそ反論せずにはいられなかった。

「穴に籠るのは灰狐なんて可愛い代物ではありません。隙あらば大鎌を振り下ろそうとする死神です」

「ならば余計に待つべきでしょうな。精々その大鎌が我々の頭上に振り下ろされないように」

最終的にバイオレットは副官の諫言を受け入れることにした。振り下ろされる死神の大鎌を今さら恐れたわけではない。むしろ、望むところである。だが、それ以上にフェリックスから預かった兵士を危険に晒すのは、バイオレットとしても本意ではない。

（まぁいいわ。退屈な我慢比べに付き合ってあげる）

第八軍と第二追撃部隊の戦いは終わらない……。

Ⅶ

飽くことなく血を飲み干し続けた大地に向けて太陽が新たな輝きをもたらせば、目覚めを迎えた渡り鳥の群れが南の空に向かって綺麗な直線を描いていく。

ここはターナ平野西部。

森と岩石地帯の境目に息を潜めて身を隠す部隊があった。掲げる戦旗はどこにもなく、数は僅かに八百。だが、ここに集いし兵士たちはまごうことなき精鋭中の精鋭。

夜明けの光を背に浴びながら姿を見せた少女は、赤みを帯びた長く美しい銀髪を左右に揺らしながら整列する兵士たちの前に立ち、軽やかな笑みを浮かべた。

「みんなよく眠れたかな？　わたしは気持ち良く寝過ぎて危うく寝坊するところだったよ」

　オリビアが放った第一声は、精悍だった兵士たちの顔を見る見るうちに崩れさせ、時を経ずして爆ぜるような笑声が場を席巻した。

　みんなが笑っている理由がわからず小首を傾げるオリビアに、

「さすがオリビア閣下です。まさかそうくるとは思っていませんでした」

エヴァンシンが目に溜めた涙を指で拭いながら可笑しそうに言えば、みんなも楽しそうに談笑を始める。悲しいときに涙が出るのはもちろん実体験として知っていたけれど、まさか可笑しいときにも涙が出るなんて、オリビアこそ思ってもいなかった。

（あれ？　もしかしてあのときのわたしは可笑しかったのかな？）

ゼットが自分の前から姿を消したことを思い出し、いやいや、やっぱりあのときは悲しかったはずだと、自分を納得させる意味でうんうんと頷く。

本当に人間という生き物は奥が深い。改めてオリビアはそう思った。

「なにを納得顔で頷いているんですか……」

左隣で呆れ顔を浮かべるクラウディアに対し、右隣に並ぶアシュトンが「今さらですよ」と苦笑いする。

　なんだかうきうきしてきたオリビアは、声を弾ませて言った。

「なんかよくわからないけど今日も楽しいね」

「この状況でそんなことが言えるのは、デュベディリカ大陸広しといえども閣下くらいなものです。アシュトン風に言うなら色々と軽すぎます」

　首をカクンと落として溜息を吐くクラウディア。右こめかみに指を当ててトントンしているアシュトンはとりあえず放っておき、クラウディアの肩に優しく手を置いた。

「前々から言おう言おうと思っていたんだけど、あんまり溜息ばっかり吐いていると幸せが羽を生やしてバッサバッサって飛んでっちゃうよ」

　オリビアは両腕を広げて鳥が羽ばたく真似をしてみせた。クラウディアは釣り針で釣り上げられたように瞼を開くと、次の瞬間にはさっき以上の溜息を落とす。忠告したばかりだというのに、オリビアの言葉はあっさり無視されてしまったようだ。

「ではそろそろお願いします」

　溜息交じりで促されるまま背後に置かれている簡素な壇上に上がったオリビアは、今日も今日とて偉そうに両腕を組んで両足を広げた。これで準備は万端だ。

　表情を殊更に厳しくしたクラウディアが、

「これよりオリビア中将閣下の訓示を賜る。総員傾注ッ！」

整列する兵士たちも顔を精悍なものに戻す。オリビアは小さく咳払いをした。

「人間は戦争で簡単に死ぬ。死んだら美味しいご飯が食べられなくなる。もちろん甘いお菓子だって食べられない。塔みたいなケーキだって食べられなくなる。それはとっても辛くて悲しいこと」

オリビアは兵士たちをゆっくり見渡し、一呼吸置く。

「──でもそれ以上に辛く悲しいことは、大切な仲間や友達がわたしの前から忽然と消えてしまうこと。だからわたしは知恵を絞る。だからわたしは剣を振るう。王国のためなんかじゃなく、みんなの笑顔を少しでも多く守りたいから……それが今のわたしが戦う理由」

──だれも口を開こうとはしなかった。

──まるでひとりひとりの呼吸音まで聞こえてきそうなほどの静けさ。

永遠に続くかと錯覚させるほどの静寂を切り裂いたのは、凛としたクラウディアの声だった。

「総員！　オリビア中将閣下に対し敬礼ッ！」

烈火のごとき戦気をその身に纏いし兵士たちは、左から右へ流れるように足を大地に向けて踏み鳴らし、最後に美しさすら感じさせる敬礼をしてみせる。

同じく敬礼を返したオリビアが壇上をゆっくり降りれば、待ち構えていたクラウディアが「今まさに閣下と兵士たちの心はひとつになりました」と、顔に透明な笑みを湛えながら静かに声をかけてくる。

一方、アシュトンはしきりに頭を掻きながら、

「本当にオリビアにはいつも驚かされる」

だから、オリビアは最高の笑顔でこう言った。

「人間は成長する生き物だから！」

第四章 ◆ 人外の戦い

I

愛馬の装具を確認していたクラウディアは、前方で同じく馬の装具を確認しているアシュトンに目を向ける。馬はそれなりに上達したが、剣の腕になんら変化はない。

本来ならルークではなくアシュトンが第八軍を率いてエルフィール渓谷に敵の目を向けさせる役割だったのだが、本人が頑としてそれを拒んだ。結局アシュトンの命は自分の血と名誉にかけて守ると誓うリフルに、オリビアの了承が相まって今に至る。

本音で言えば今回の作戦に参加してほしくないのが偽らざる今の気持ち。しかし、アシュトンはもはや漢。だから一切の口出しはせず、クラウディアは黙って見守ることにしたのだ。

（準備はできたようだな）

馬に跨ったリフルと目が合ったクラウディアは深々と一礼し、騎乗する八百の兵士たちの前を横切りながら、コメットの横で屈伸運動をするオリビアの下へ向かった。

「閣下、全ての準備が整いました。いつでも出撃可能です」

ここからは我が身をただ一振りの剣と化してオリビアと共に戦場を駆け抜けるのみだと、クラウディアの心はかつてないほど研ぎ澄まされていた。

頷いたオリビアは鼻息を荒くするコメットの背をひと撫で（な）でし、颯爽（さっそう）と騎乗した。

「じゃあ行こうか」

まるで散歩にでも出かけるような口調のオリビアは、やはりどこまでいってもオリビアで、それゆえこれから始まる戦いに後顧の憂いはなかった。


オリビアに率いられた八百の軽装騎兵隊は、猛攻を極める蒼（あお）の騎士団をさらなる猛攻によって圧しつつ、陣中深くへと突き進んでいく。一騎、また一騎と数を減らしながらも、死すら友とした部隊の進撃を蒼の騎士団は阻むことができない。

「なんとしてでも足を止めろッ！」

真紅のマントをなびかせながら死の先頭を駆けるオリビアの視界が、側面から強襲をかけてくる小集団を捉える。

オリビアは即座に体を弓のように反らし、構えた槍（やり）を思い切り振り抜いた。放たれた黒き閃光（せんこう）は射線上にいた蒼の兵士たちを次々に穿（うが）ち、なおも穿ち続ける。

槍がその役目を終えたのは心臓を吹き飛ばされた十三人目の兵士が、突き刺さった槍を握りしめながら落馬したときだった。

常識では図ることのできない光景は、未知なる恐怖を呼び寄せる。勇を知り、武を知る蒼の騎士団とて例外ではなく、心と体に歪みが生じるのに乗じて獅子の牙が乱舞する。

鞘から漆黒の剣を引き抜いたオリビアは、向かってくる敵を一刀のもとに斬り捨てながら、

「みんな頑張って！」

鼓舞と呼ぶにはあまりにも幼過ぎるその言葉に、だが、兵士たちは勇躍をもって応える。純粋なる武の塊を存分に叩きつけ、蒼の騎士団に出血を強いていく――。


「――女、勝負だ」

駆けるクラウディアの前方に、短槍を水平に構えながら疾駆する男が姿を見せる。一見するだけでも所作に隙がなく、ひりつくような殺気を全身から滲ませている。

(目を付けられたか。しかも相当の手練れだな……)

名のある兵士であることに疑いはないが、クラウディアを始めとしてこの部隊に属する誰もが個人の功など眼中にない。オリビアをフェリックスの下へ到達させることが全てと定め剣を振るっている。当然相手にしている暇などないのだが――。

(回避してもおそらく執拗に追ってくる。あれは自らの武を昇華させるため獲物を求めて彷徨う。そんな渇いた野獣のような目をしている)

刹那瞳を閉じたクラウディアは、天授眼を開放した。波線を打つようにたわむ景色の中、クラウディアは残像を残しながら首筋に向けて伸ばされる切っ先を躱し、すれ違いざまに男の背中を斜めに斬りつけた。

（なにッ!?）

即座に馬を反転させたクラウディアは、意外そうな表情を浮かべる男と視線が交錯する。意外なのはクラウディアとて同じこと。狂いなく致命傷を叩き込んだと確信していた。それだけに男が今も平然と馬上に留まっていることに戸惑いを覚える。

男は背中に手をあてがい、少量の血がついた手を不思議そうに見つめていた。

「まぐれ……か？」

今度はクラウディアが先手を取る形で馬を駆る。三歩遅れて男も動き出し、両者の間は瞬く間に縮まっていく。狙うのはこれ見よがしに短槍を掲げる左手の腱。互いの馬が再びすれ違う直前、先程と寸分変わらぬ軌跡を描いて鋼鉄の刃が振り下ろされる。

クラウディアは前傾姿勢で攻撃を躱しながら狙い定めた箇所に剣を振るうも、やはり確かな感触を得るには至らない。振り返れば男が大きく目を見開いていた。

「どうやらまぐれではなさそうだ。そもそもまぐれで俺の槍が二度躱されることなどあり得ない。それに瞳の奥に輝く小さな黄金の光……さては貴様も妙な力を持っているな？」

男が確信をもった口調で言う。クラウディアも薄々感じ取ってはいたが、今の発言でこの男もオドの力を意識して扱えることを確信した。

「まさかこんなところでオドの使い手に会おうとはな」

「オド?……なるほど。どうやら貴様は俺よりも色々と知っているようだな」

男は血濡れた切っ先へゆっくり舌を這わす。奇しくも初めてオドの使い手と戦うことになったクラウディアだが、不思議と焦りや恐れは微塵も感じない。心は平静そのものだった。

「相手にとって不足はない。ならば名乗ろう。俺はダリア・ブライス」

「クラウディア・ユング」

クラウディアもまた名乗りながら思考を加速させていく。一回目、二回目とそれぞれに放った一撃は、クラウディアをあざ笑うかのようにかすり傷を負わせる程度にとどまった。

(今にして思えば斬った感触が明らかに不自然だった)

ダリアの言動からしても、オドを利用しているのは間違いない。問題はなにを仕掛けているのかまるで見当がつかないということ。しかも、攻撃が徐々に鋭さを増している。戦いが長引けば長引くほど手強さが増していく非常に厄介な相手だ。

(だが力の正体がわからないのは奴とて同じこと。ならば——)

クラウディアは見せつけるように鐙から足を外し、颯爽とカグラから下りた。クラウディアの行動にダリアは一瞬目を細めるも、次の瞬間には唇を緩ませて同じく馬から下り立つ。

「馬を下りたほうが力を発揮できるか。奇遇だな。実は俺もなんだ。どうしても馬上だと動きが制限されてしまうからな。しかし……くくっ。どうやら武神は近年まれに見る手練れを引き合わせてくれたようだ」

　クラウディアはゆっくりと歩み、

「下らん戯言はそこまでにしておけ」

　前のめりに大地を蹴りつけたクラウディアは、完全に油断していたダリアの脇へ滑り出た。瞳の中のダリアは驚愕に顔を染めている。それでも咄嗟に体を引く俊敏さを見せたのはさすがの一言に尽きるが、未だ必殺の領域から抜け出せてはいない。

　左足を強く踏み込んで横薙ぎに払った剣は確実にダリアの命を捉えていた。しかし、剣が首に到達した瞬間、まるでゴムのような柔らかい何かに阻まれ剣は弾かれてしまう。

　跳ねるように数歩後ろに下がったダリアは、首を擦りながらニヤリと笑った。

「一瞬でも発動が遅れていたら、今頃俺の首は落とされていた。その妖術のごとき速さがお前の力か。さすがに一瞬肝を冷やしたぞ」

「にわかには信じられんが、空気で身を防御しているのか？」

　常なら一瞬にも満たないだろう時間の中で、クラウディアの瞳は空気の塊のようなものがダリアの首元に現れ、そして攻撃を防ぐのを確かに見た。

「素直に褒めてやる。あの刹那でよく術の正体を見破った。そんな貴様ならもうすでに察したはず。この術の前では剣で斬りつけようが槍を突き刺そうが、全ての攻撃は無に帰すると。つまり俺を物理的に殺すのは不可能ということだ。この世で俺を物理的に殺すことができるとすれば、それはフェリックス・フォン・ズィーガーただひとり」

ダリアの言葉はクラウディアを困惑させた。術のことではない。なぜかダリアは自分の総司令官を呼び捨てにしているからだ。

「……自分の総司令官に対して随分な口の聞きようだな」

「まぁこの場で咎める者もいないしな。そもそも俺が蒼の騎士団に属しているのは、ひとりでも多くの強者に出会う機会を得るためだ。戦争で名を上げたいわけじゃない。フェリックスの強さは認めても、忠誠なんてものは最初から持ち合わせていないのさ」

最後にダリアはへらと笑った。

二年ほど前。キール要塞で行われた調印式の折、クラウディアはフェリックスを目にしている。帝国最精鋭の騎士団を率いるとは思えない物腰の柔らかさなども手伝って、敵であるにもかかわらず好感を覚えたものだが、正直そこまで腕が立つとは思っていなかった。

「お前の考えは別として、ズィーガー卿は相当の強者らしいな」

「強者なんて言葉が陳腐に聞こえるほどには、な。噂の死神オリビアも相当な使い手と聞くが、それは単に真の武人と剣を交えた経験がなかっただけのこと。フェリックスにかかれば死神の異名も早晩地に落ちることになるだろう」

　ダリアは嬉々として言葉を並べ立ててくる。クラウディアは肩を揺らして笑った。

「……可笑しいか？」

「可笑しいさ。想像だけでそれだけ口が回ればな。お前が私の力の全てを知った気になっていることも含めて笑いが止まらん」

　言えばダリアは顔を神妙にし、

「気に障ったのなら許せ。もちろん今の立ち合いだけで貴様の力の底を知ることはできない。だからこそ俺は改めて貴様の全力に期待する。願わくは俺の予想を再び上回る力を見せてくれ！」

「……それが望みとあらば」

　これ以上この男に無駄な時間を費やせば、先を行くオリビアに追いつけなくなる。

　クラウディアは剣を鞘に納め、すり足で体を沈めていく。

「来い！　全力の貴様を屠ることで俺はさらなる武の高みに至ることを約束しよう！」

　クラウディアの耳にもはやダリアの言葉は届いていない。意識を深層に沈め、体内のオドを極限にまで練り上げ、強烈に地面を蹴り抜いた。

――天授眼　瞬足術　颯
　土煙を巻き上げながら地面を滑るように足を止め、そのままゆっくり振り返るクラウディア。直後、ダリアの上半身は不自然に傾き、臓物と共に地面に転げ落ちる。

「貴様の願いは叶ったようだな……」

愉悦に満ちた表情でこと切れているダリアに、クラウディアは淡々と告げるのだった。

Ⅱ

──時は僅かに遡る。

フェリックスが奇襲の一報を受けたのは防御網の策定があらかた終わり、思考を王国軍に奪取された各砦にまで伸ばしているときであった。

「──敵の数は？」

静かにペンを置いたフェリックスは、焦りの色を隠さない伝令兵に尋ねる。

「はっ！　正確ではありませんが千に満たないものと思われます」

「千に満たないだと？　たかが千程度でなにができるというのか」

百戦錬磨の猛将の発言に、立ち並ぶ者たちも挙って同意を示す。

現在戦力の七割を敗走する第八軍に振り向けているため手薄だが、こちらの兵力は六千を超える。戦力比は単純に六倍だ。それでもなお伝令兵がこれほどまでに慌てる理由をフェリックスはひとつしか思い至らない。

「死神オリビアが率いる部隊ですね？」

陣場の空気が激変する中で伝令兵は興奮気味に何度も頷く。

「それで状況は!?　今の状況は!?」

まくし立てる将校に気圧されながら伝令兵は答える。

「逐次防御陣を展開していますが敵の進撃速度はあまりにも速く、そして死神は恐ろしく強く……」

「ここにたどり着くのも時間の問題というわけですね？」

伝令兵が言葉を発するより先に、フェリックスの前に進み出る者がいた。親衛隊長であるマシューだ。

「親衛隊の威信にかけて死神と死神が率いる部隊を必ずや止めて御覧に入れます」

マシューの心意気は大いに買うが、それだけではどうにもならないことがあることをフェリックスはよく知っている。故に、伝令兵へこう告げた。

「ここに死神オリビアを誘導するよう各部隊に伝達してください。もちろん攻撃態勢は維持したままで」

「そ、それは……？」

マシューから困惑の声が漏れ出た。

「私自身の手でこの戦いに決着をつけるということです」

　主に若い将校たちから上がる歓声を一瞬のうちに斬り捨てたのは、テレーザの怒声だった。

「なりません閣下ッ！」

　勢いそのままに笑顔を見せる若い将校たちを睨みつけるテレーザ。普段の優しい彼女を知る者であればあるほど、鬼を彷彿とさせる彼女の豹変ぶりに驚いている。

　階級は彼女よりも上の者がいるのにもかかわらず、若い将校たちからすがるような目を向けられるのがなんとも可笑しくて、フェリックスは思わず笑みを零してしまう。

「なにも可笑しくなどありません！」

「失礼。しかしそんなに反対ですか？」

「当たり前です！　ここで閣下が危険を冒す真似など」

「ないとは言えないでしょう。少なくともここで死神オリビアを止められるのは私しかいないと思っています」

「――ッ。ですが！」

「もう決めたことです」

　ここから第八軍が逆転を決めるためには総司令官の、つまり自分の首を獲るより選択肢がない。なにより兵士がむざむざ殺されるのを黙って見ていることはできなかった。

　テレーザの瞳が疑心に満ちたものへと変化し、

「まさか閣下は最初からこうなることを予想していたわけではありませんよね？」

「さすがにそんなことはありませんよ」

否定したフェリックスではあったが、心の奥底では今のような状況を密かに望んでいたのかもしれない。

（これが阿修羅の血のなせる業とはさすがに思いたくない。彼女と決着をつけるのは、あくまでもあるべき帝国の未来のため）

そう自分に言い聞かせ、フェリックスは立ち上がる。終幕を飾るオリビアとフェリックスの戦いは、間もなく始まろうとしていた――。


頑強に行く手を遮っていた蒼の騎士団が徐々に引く動きを見せ始めたのは、突撃を開始してから一時間あまりが経過した頃だった。目の前の道が突然開かれていく様子に、兵士たちは大いに戸惑いを見せながらも、決して油断を解くことはしない。一瞬の油断が死に繋がることを彼らはよく知っている。

後方にいたクラウディアとアシュトン。そして、アシュトンを護衛するリフルが揃ってオリビアに並走する中、クラウディアが視線を左右に動かしながら囁くように口を開く。

「この敵の動きをどう見ますか？」

戦意が衰えた様子は微塵もない。もちろん武器の矛先は向けられたまま。だけど、再び攻撃を始める気配も感じない。むしろ、こちらをあるべき場所に誘導するような動きすら見せてくる。それは図らずもオリビアたちが目指すべき場所と重なっていた。

「フェリックスさんもわたしと決着をつけたいんじゃないかな？」

キール要塞で彼の姿を初めて目にしたときから、いずれはこういう日が来るのではないかと運命のようなものを感じていた。きっとフェリックスもそう思っているはず。

「私も閣下と同じ意見です」

「期せずして僕たちの思惑通りになったということか……」

「オリビア超先生に勝てる者は……この地上に存在しません」

かけられたそれぞれの言葉を、オリビアは正面を見据えたまま黙って飲み込んでいく。

見定めるため速度を落とさず駆けていたオリビアは、いよいよ攻撃の意思はないと判断してコメットへ目を向ける。友の意を汲んだコメットは自ら常足へと移行した。

「ここからはゆっくり行こうか」

そこからフェリックスの本陣に至るまでの光景は異常であったと後の歴史が伝えている。

殺気を放つ蒼の騎士団の間をオリビア率いる部隊が一切の抵抗を受けることなく、まるで遠乗りにでも出かけたようなのどかさで、しかも、心地よさすら感じさせる蹄の音を高らかに鳴らしているのだ。つい先程まで血風が吹き荒れていたことが夢のようである。

（――到着だね）

開かれた本陣が視界に入り、一際大きな帝国旗を背に威風堂々と立つフェリックスの姿を目にする。まるで帝国そのものを背負っているような感じだとオリビアは思った。

警戒を怠るなとクラウディアに言い残し、オリビアはコメットから颯爽と下り立つ。

「ブルオオオッ！」

「あはは。心配しなくても大丈夫だよ」

前足を大きく上げながら警告するように嘶くコメットの背を軽く擦って、オリビアは改めてフェリックスと対峙した。

Ⅲ

「こうして会うのはこれで二度目ですが、会話を交わすのは初めてですね」

「うんそうだね。最初に会ったときからいつかはこうなるんじゃないかって思っていたよ」

「それは奇遇ですね。私も一緒です」

微笑んだ二人は示し合わせたかのように鞘から剣を引き抜く。

帝国軍最強と謳われるフェリックスを初めて目にしたアシュトンは、まず恐ろしいほど整った顔立ちに釘付けとなった。死神と恐れられるオリビアを前にしても落ち着いたその姿は、王者の風格を弥が上にも感じさせる。

「――オリビア、勝ちますよね？」

今までに感じたことがない不安から漏れ出た言葉であったが、しかし、声をかけたクラウディアからの返事はない。見れば、クラウディアの顔がはっきりとわかるくらい強張っている。額にはじっとりと汗が滲んでいた。

「クラウディア大佐……」

「今なら私にもわかる。あの男から感じる凄まじいまでの〝オド〟の力が」

「オドの力……例の体内に宿る不思議な力ですか？」

以前オドにまつわる話をクラウディアから聞かされたときは半信半疑のアシュトンであったが、常識という概念を根底から覆すオリビアの戦いぶりを思えば、問答無用で信じざるを得ない。軍隊では魔法士の存在が当たり前のように認識されていたことからも、まだまだアシュトンの知らないことは多いのだ。

「ああ。今はっきり言えることは、我々の想像を絶するような戦いがこれから始まるということだ」

「想像を絶する戦い……」

アシュトンは喉をゴクリと鳴らした。

「――始まるぞ」

オリビアとフェリックスは互いに剣を脇に構えると、次の瞬間には雷鳴のような剣撃が鳴り響く。互いの剣が交差する度に空気を震わす振動音が周囲に拡散し、瞬きほどの時間の間に幾重もの軌跡が描かれた後、オリビアは全身のバネを使って上空へと跳躍した。フェリックスもオリビアの後を追うように疾空し、体術も加わった攻防が空中で繰り広げられていく。

二人は同時に地面へ着地すると、弾かれるように距離を取った。

「戦い慣れている。さすがに深淵人ですね」

「ん？　もしかしてフェリックスさんも阿修羅って人間の仲間なの？」

予想もしていなかったオリビアの言葉は、フェリックスを単純に驚かせた。オリビアがその名を口にしたということは、すでに阿修羅の誰かが接触を試みたのだろう。それでもオリビアがここにいるという事実が、いずれにしても暗殺は失敗に終わったことを如実に示していた。

「彼らのことを知ってはいます。ですが断じて仲間などではありません」

フェリックスは否定の言葉をはっきり口にした。唾棄すべき暗殺者集団と一緒にされるほど不快なことはない。

オリビアは不思議そうに小首を傾げ、

「そっか……一応聞くけど、ゼットのことも知らないよね？」

「ぜっと……ですか？」

「うん。死神のゼット。探しているんだけど中々見つからないんだよね」

オリビアはゼットなる人物の特徴を事細やかに伝えてくる。それはどう考えても人間の類とは思えなかったが、オリビアの表情は真剣そのものだった。

（死神と呼ばれる少女が死神を探している……）

フェリックスは以前ラサラが口にした言葉を思い出す。

『──ヴァレッド・ストーム家の背後には人知を超えた何者かが存在している』

ラサラは死神が実在することを示唆していた。対してフェリックスは、死神はあくまで想像上の産物だと一蹴したこともよく覚えている。

（まさか本当に……!?）

「……もしかして知っているのかな？」

オリビアに期待の眼差し（まなざ）しを向けられて、フェリックスは首を左右に動かした。

「残念ながら聞いたことも見たこともないですね」

「そっか……」

残念そうに呟（つぶや）いた次の瞬間、オリビアの姿が掻（か）き消えた。

フェリックスが頭上に向けてエルハザードを横に構えた刹那、黒の軌跡と共に漆黒の剣が振り下ろされ、衝撃で足元の地面が大きく陥没する。

（凄まじいまでの力だ）

エルハザードを叩き割る勢いでさらなる力を剣に乗せるオリビア。軸をずらし、力を受け流したフェリックスは、無防備なオリビアの右脇腹に向けて上段足刀蹴りを放つ。

オリビアは右腕を引いて即座に防御態勢に入るも、フェリックスは構うことなく蹴り抜いた。吹き飛んだオリビアは、しかし、膝を抱えながら回転することによって衝撃を殺し、何事もなかったかのようにふわりと地面に降り立つ。

息をつく間もなくフェリックスが俊足術を発動させれば、オリビアも同様に俊足術を繰り出してくる。互いに剣を叩きつけては離れ、接近しては再び剣を重ねていく。

互いの景色が一本の線のように流れていく中で、二人の剣撃が空を、そして大地を激しく震わせていた。

（今のところ体術はこちらに分がありそうだが、こと身軽さに関してはオリビアが上と見て間違いない。やはり相当に手強い。このままでは埒が明かないな……）

飛び退き、再びオリビアとの距離を取ったフェリックスは、エルハザードを鞘に納める。

そして、深く腰を落としながら静かに息を吐いた。

剣を納めるフェリックスにオリビアは一瞬だけ首を傾げるも、さっきまでとは異質な雰囲気を醸し出すその姿を見て、即座に迎撃態勢を整える。

油断なくフェリックスを見据えていると、お腹の底から突き上げてくるような衝撃音と同時に、フェリックスの姿が掻き消えた。

戦場に冷ややかな一陣の風が吹く………。

オリビアの瞳がカッと見開かれた。

（左ッ!!　右脚双撃ッ!!）

反撃は間に合わないと即座に判断し、俊足術を発動させて回避行動に移るオリビアであったが、それでも圧倒的に間に合わず、フェリックスの蹴りをまともにくらってしまう。

「グッ！」

再び吹き飛ばされながらも反撃の機会を窺っていると、背後から強烈な圧を感じたオリビアは、着地すると同時に俊足術〝颯〟を繰り出す。

巨大な壁のように迫る拳をかろうじて回避し、オリビアは後転飛びを繰り返しながらフェリックスとの距離を取った。口から流れ落ちる血を手甲でグイと拭う。

（今のは間違いなく俊足術〝極〟。わたしが最後まで体得することができなかった最高位の俊足術……わたしが考えていた以上にフェリックスさんは強い）

再び煌びやかな剣を抜いたフェリックスは、ゆっくりとした足取りでオリビアに近づいてくる。戦いに集中していて今まで気づかなかったが、戦場は霧で覆われようとしていた。

（霧か……今ならあの術が生かせるかも。フェリックスさん相手にどこまで通じるかはわ

からないけど、やってみる価値はあると思う）

オドを集中させたオリビアは、幻惑術〝月影〟を発動した。

太陽の光は遮られ、濃霧が戦場を飲み込んでいく。オリビアが霧の中に消える直前、フェリックスは確かにオリビアの体が何重にも重なるのを目にした。

（錯覚……いえ、なにかを仕掛けてくるつもりですね）

油断なく剣を正眼に構えて前方を見据えるフェリックスは、背後から針の孔ほどの違和感を覚えた。瞬間的に横へと身を引いた直後、漆黒の剣が突き出されるのを目にする。

（今の攻撃には一切気配が感じ取れなかった。一体どういうことだ……？）

武に長じた者は総じて気配を隠すことにも長じている。ましてオリビアは深淵人。気配を隠す術は精妙の域に達していてもなんら不思議ではない。

しかし、フェリックスも阿修羅の――唾棄すべき暗殺者の血が流れている。つまり、こと気配を察知することに関しては暗殺者の領分だ。たとえ相手がオリビアであろうとも、人間であることに変わりはない。生きている以上は完全に気配を消し去ることなど誰にもできはしない。故に察知できないはずはないのだ。

疑問を抱えながらも反撃に移るべくフェリックスが体勢を整えた矢先、

「ッ――!?」

気配は依然感じられないものの、僅かな違和感が生じた左方向から避けるように上半身をよじれば、音もなく滑るように漆黒の剣が伸びてくる。

反撃することを早々に諦めたフェリックスは一足跳びに後退する。大きく息を吸い込んで冷たい空気を肺へと送り込んだ。

（一切気配を感じないこともそうだが、今の一連の攻撃は明らかに不自然だ）

背後から攻撃してきた直後に横からの攻撃。たとえオリビアが俊足術・極を使ったとしても、今のような離れ業ができるはずもなく、そもそも俊足術の性質上、小回りが利く類のものでもない。

（とにかく謎を早急に見極めないとこちらが不利になるばかりだ……）

フェリックスは剣を握りしめ、右足を大きく一歩踏み出す。そして、半円を描くようにエルハザードを振りかぶり、剣の結界である〝天導（てんどう）〟を張った。範囲は前後左右歩いて十歩ほどの距離。フェリックスは瞳を閉じて感知能力の拡大に努める……。

（……正面ッ!!）

三度気配なく現れる漆黒の剣を、しかし、フェリックスは最小限の動きでもって躱（かわ）す。息つく間もなく背後から迫りくる漆黒の剣を、弧を描くように後ろへ跳躍しながらこれも回避する。天地が逆転する中、オリビアが霧の中に溶け込むのを視認しながら地面に着地するのと同時に、今度は右方向から情け容赦なく漆黒の刃が襲いくる。

体勢を立て直している時間はない。無理は承知と上半身を歪に捻ることで回避し、なんとか鎧をかすめる程度にとどめた。

(危ないところだった。回避がほんの少しでも遅れていたら……)

突如生じた違和感の先に目を向けて見れば、あるはずの鎧傷が跡形もなく消え去っている。まるで傷など初めからなかったかのように。

(一体どういうことだ……?)

思考を加速させたフェリックスは、間もなくひとつの結論に達した。

(危険な賭けだが試す価値は大いにある)

再びフェリックスは天導を張る。今度は左から襲い来る攻撃に対し、フェリックスはあえて無防備な姿を晒した。漆黒の剣はフェリックスの脇腹を確実に切り裂いていくも、しかし、そこから生じるはずの痛みは皆無。フェリックスは確信した。

(霧に乗じた幻影術か……幻影なら気配が感知できないのも頷ける。こんな真似までできるとは驚嘆に値するが、それでも種が割れてしまえば対処も可能だ)

正面から霧を縫うようにして現れる漆黒の剣を無視し、オリビアの気配を注意深く探っていたフェリックスは、先程までとはまた違う別種の違和感に襲われた。

(まさかッ!!)

あらん限りに上体を反らした瞬間、流麗な軌跡を描きながらフェリックスの眼前を漆黒の剣がかすめていく。数本の髪の毛を切り飛ばし、再び霧の中に消えるオリビアを見つめながら、フェリックスは愚かな自分を内心で罵った。

（なぜ攻撃の全てが幻影だと思い込んだ。術の性質から判断すれば、当然そんなことなどあるはずがないのに）

気配なく繰り出される攻撃は、幻と実態の区別がまるでつかない。だが、一見不可解なものでも、突き詰めればそこには必ず理由がある。

（オリビアが因果律を超えた存在でない限りは、な）

もはや一方的となった攻撃を間際で回避しながら、フェリックスは謎を解き明かすための思考を高速で巡らしていく。

（気配もなく音もない。辛うじてわかることと言えば、攻撃される直前に感じる違和感だけ……違和感……そうかわかったぞ！　これまでの違和感の正体が！）

狂人の類でもなければ命を絶つという行為には自然と重みが生じる。しかし、霧が発生してからの攻撃にはそれがなく、髪の毛を切り飛ばされた攻撃を除けば全てが軽い。極端に言えば無味無臭なのだ。

導き出した答えは確実に次なる攻撃を回避し、且つ、ようやく反撃せしめたことで証明された。

（これを使うとオドをかなり消費するので好ましくはないが……）

　フェリックスは膝を大きく曲げて上空へ飛ぶと、練り込んだオドをエルハザードに乗せ、地面に向けて叩きつけた。叩きつけられたオドの塊は重く鈍い音を響かせながら放射状に広がり、周囲の霧を一掃した。

「なるほど。実際これはわかりませんよ」

　視線の先には三人のオリビアが上空を見上げている。ひとりは実態。残る二人は幻影で間違いなさそうだと、フェリックスは地面に着地した。

「どうりであんな離れ業ができたわけです」

「やっぱりフェリックスさんには通じなかったか」

　たははと笑う正面のオリビアに向かって、左右二人のオリビアが吸い寄せられていく。やがてオリビアの体が三重に重なると、再び元のひとりとなった。

「そうでもありません。今の技でかなりのオドを消費してしまいました」

「それは奇遇だね。わたしが今使った月影も結構オドを消費するんだよ」

　互いに微笑み、同時に俊足術を発動させる——。

「クラウディア大佐、僕の目が異常でなければオリビアが三人いたように一瞬見えたのですが……」

「異常ではない。なぜなら私も同じように見えたからな」

「ならあれは一体なんなのですか？」

「多分オドを利用した術だとは思うが、はっきりしたことはわからない。唯一わかるのはもはや人と人との戦いではないということだ」

「本当に……本当にそうですよ。僕にはもうなにがなんだか……」

　血で血を洗う激戦を繰り広げていた両軍の兵士が、今では幻でも見ているかのように二人の戦いを静かに見守っていることからも、自分と同じ思いであることが窺える。

　オリビアの強さはほかの誰よりもよく知っている。そう自負していたアシュトンであったが今の戦いを目にしてしまっては、それが単なる思い込みだったことがよくわかる。

　二人の姿は今もなく、ただ硬質な金属音だけが不気味に鳴り響いていた。

「クラウディア大佐は二人の動きが見えていますか？」

　わかっている答えをあえて尋ねたアシュトンに対し、クラウディアはアシュトンを一切見ることなく予想に反した言葉を口にした。

「かろうじてだが見える」

「そうですよね。あれが……え!?　あれが見えているんですか!?」

　驚くアシュトンへ、クラウディアは淡々とした口調で言う。

「まぁこの眼のおかげでな」

「目？」

言われてクラウディアの目に注目すれば、驚くべきことに黄金の輝きが垣間見える。アシュトンは思わず息を呑んだ。

「これもオドの力のうちのひとつだ」

「それもそうなんですか……」

「まぁ子供の頃はこの眼のおかげで親友から距離を置かれてしまった。不気味だと怖がられてな。……アシュトンもこの眼が恐ろしいか？」

依然二人の戦いに集中したままクラウディアが尋ねてくる。平静なようでいてどこか緊張した面持ちのクラウディアに対し、アシュトンは努めて明るく答えた。

「今さらクラウディア大佐の目が多少光ったところで僕の評価が変わることはないです。今も昔もクラウディア大佐は僕にとってかけがえのない仲間ですから。上官に対して礼を失しているのはこの際勘弁してください」

「……ありがとう」

静かに微笑むクラウディアを横目に、アシュトンは再び見えざる戦いに意識を集中させた。

無形から繰り出されるオリビアの斬撃は、フェリックスに後退を余儀なくさせている。

（まだ力を隠しているのか。それはこちらとて同じことだが……しかし本当に厄介だ）

刹那ほどの隙をつき、再びオリビアとの距離を取るフェリックス。エルハザードを脇に構え、オドを体の隅々まで張り巡らせていく。

即座に距離を縮めてくるオリビアに対し、俊足術・極を繰り出したフェリックスは、小さな竜巻を纏ったエルハザードによる攻撃——三式・修羅旋風を放った。

螺旋を描きながら空中に放り出されたオリビアの後を追い、続けざまに五式・斬烈刀を放ち、オリビアに無限の斬撃を叩き込んでいく。

「これで眠ってください」

最後に放ったフェリックスの一撃は、オリビアを問答無用で地上に叩きつけた。衝撃音と同時に土煙が派手に舞い上がる中、オリビアの名を叫ぶ青年の声が戦場に響き渡った。

「オリビアッ!!」

走り出すアシュトンの手首をクラウディアが強引に摑んできた。

「放してくださいッ!!」

「慌てるなッ！——あれを見ろ」

クラウディアが指し示す先を見つめると、漂う土煙の中から見知った影が浮かび上がる。

必死で目を凝らすアシュトンは、やがて視界が晴れた先にいるオリビアを視認した。

「うーん。やっぱりどうしても体術はかなわないな」

付着した土埃をパタパタとはたくオリビアの姿に、一気に力が抜けたアシュトンは地面に尻をついた。

「――ん？　アシュトン疲れたの？」

「お前って奴は……体はなんともないのか？」

「あはは。さすがになんともなくはないよ」

そう言うオリビアをよくよく見やれば、四肢から血を流している。オリビアが血を流すところなどこれまで見たことがなかっただけに、アシュトンは激しい動揺に襲われた。

木の実をおねだりする灰リスのような目を向けてくるアシュトンの様子に、オリビアは笑みを交えながら言った。

「だからそんな顔をしなくても大丈夫だって。生きているんだから血くらい出るよ」

「だけどオリビア……」

「アシュトン、これ以上閣下を困らせるな」

「クラウディア大佐……」

クラウディアと無言のうちに瞳を合わせて頷き、オリビアは自らの体に不調はないか、オドを体の隅々にまで巡らして自己診断を開始する。

（骨……内臓……筋肉……うん、とくに異常なし！――だけど困ったなー）

いっそのこと魔術を使えれば簡単だけど、人間相手に使ってはダメだとゼットに厳命されている。命の危険が及んだときにはその限りではないとも言われているけれど、差し迫って命の危険にさらされているわけでもない。

「――あ、お待たせ！」

オリビアが気軽に手を上げながら声をかけると、フェリックスは頬を掻きながら苦笑した。

「正直、今の攻撃で決まったと思っていました。そのように平気な顔をされるとどうにもやるせなさを感じてしまいます」

「だから平気じゃないって。それなりにダメージは受けているし」

「曲がりなりにも三式と五式を繰り出したのです。多少なりともダメージを受けてもらわなければ、こちらの自信というものが崩れます」

「わたしはゼットに鍛えられたからね。簡単には倒されないよ」

オリビアは胸を張って答えた。ゼットとの訓練を思い返せば、これくらいのことでへこたれているわけにはいかない。それこそゼットが知ったら溜息を吐かれてしまう。

フェリックスは眉を顰めた。

「先程もその名を口にしていましたが、そうですか……オリビアはゼットという方に鍛えられたのですね」

「ひとつ言っておくけど師匠じゃないから」

「まだなにも言っていませんが？」

「だってこの話をするとみんな師匠かって聞いてくるんだもん」

理由はよくわからない。それでもゼットとの関係を師弟と思われるのは嫌だった。

「……この際どういう関係性なのかは置いとくとして、オリビアにとって大事な存在だということは理解しました」

フェリックスの言葉を聞き、オリビアは無邪気に喜んだ。たとえ相手が敵であっても、ゼットへの思いを理解してくれるのはとても嬉しいことだから。

「――では続きを始めましょうか？」

「そうだね」

流水の動きで剣を交錯させる二人の美しくも華麗な戦いは、見守る全ての兵士たちを魅惑の園へと引きずり込んでいく。

このいつ果てるともしれない戦いを終わらせたのは、当事者であるオリビアでもフェリックスでも、ましてや兵士たちでもない。戦いを終わらせたのは突然暗転する空と並行するように響いてくるしわがれた笑い声だった。

「この声は……まさかダルメス宰相か!?」

攻撃の手を止めて思わず周囲を見渡すフェリックスであったが、ダルメスの姿はどこにも見当たらない。どうやらダルメスの声が聞こえたのは自分ばかりではないようで、不思議そうに空を見上げるオリビアや、ざわめく両軍の兵士たちも同様のようであった。

「私をいくら探したところで無駄ですよ。皆さんの脳内に直接語りかけていますから」

「脳内！」

なぜか嬉しそうにオリビアが弾んだ声を上げた。

「さて。私がわざわざこんな真似をしたのはほかでもありません。この度ラムザ皇帝は正式に退位を表明し、私ことダルメス・グスキに皇帝の座を譲られました。一刻も早くフェリックスさんにも教えて差し上げようと決着するまでは待っているつもりでしたが……大言壮語を吐いた割には情けないですねぇ」

「ラムザ皇帝陛下が自ら退位!? そんなことは絶対にあり得ないッ!!」

「私の言葉が信じられないと？――それは実に困りましたねぇ。すでに戴冠式も滞りなく済ませたというのに」

「な……!?」

戴冠式は上級貴族たちが集まる前で先帝より帝冠を譲り受け、新たな帝位の就任を宣明する儀式。すぐにばれるような嘘をダルメスが吐くとは思えず、それだけに戯言の類だと切って捨てることができなかった。

二の句が継げずにいるフェリックスの耳に、ひそひそと交わす兵士たちの会話が聞こえてくる。

「……実は見たんだよ」

「こんなときになにを見たって言うんだ？」

「グラーデン元帥の墓の前で、その……ダルメス宰相閣下がなんだか楽しそうに笑っているところを。しかもそのときのダルメス宰相はなんだか淡い光を放っているみたいで酷く恐ろしかったのを今でも覚えている」

「淡い光？——それじゃあまるでダルメス宰相が魔法士みたいじゃないか」

兵士たちの会話はフェリックスに稲妻が落ちたがごとき衝撃を与えた。それと同時に数年に及ぶラムザの異変とグラーデンの突然の死。そして、今起こっている魔法でも用いたかのような現象が、最後のピースをはめたかのようにピタリと一致した。

現時点で確固たる証拠があるわけではない。それでもこれまで不可解に思っていた事象が、全てダルメスに繋がっていることをフェリックスは確信した。

「ダルメス貴様ッ!!」

「おやおや。今度は新皇帝に対して暴言ですか？　実に不敬極まりますねぇ」

「ラムザ皇帝陛下はご無事なんだろうな！」

「元皇帝です。もちろん丁重にもてなしていますが……その様子では新皇帝たるこの私に従うつもりはないらしいですねぇ」

「まぁそれもいいでしょう。目的の半分はすでに達したことですし、〝冥杯〟が満たされるのも、もはや時間の問題です。予定より少々早まりましたが、フェリックスさんの役目はここで終わりといたしましょう」

ダルメスの高笑いが暗黒の空に響いた後、大地が突如小刻みに揺れ始める。揺れは一時的なものですぐに収まったのだが――。

「俺は悪い夢でも見ているのか？」

地面という地面から突き出てくるものに対し、ひとりの兵士が唇を震わせて呟く。

錆びに錆びついた鎧。

腐り落ちた体。

魂を切り刻むような怖気立つ声。

異形なる者たちが次々に土の中から這い出てくる。異形とはいえども、元人間であることは身なりからしても疑いようがない。

地獄から新たな生を渇望して現れたような亡者を前にして、第八軍の兵士は言うに及ばず、帝国軍最精鋭と謳われた蒼の騎士団でさえもただ呆然と立ち尽くすのみ。

それほどまでに非現実的な光景だった。

「……オリビア、ここは一時休戦としましょう」

「………………」

「そうだね。見たところこいつらは生きている人間を標的にしているみたいだし」

二人は互いの背中をかばうように立ちながら味方に一時休戦を伝える。混乱の極みにある両軍の兵士たちは右往左往するばかりだった。

「この状況です。まずは私とオリビアが先頭に立って戦うことを提案します」

「それはもちろん構わないよ」

「ただそうなると全体の指揮を執る者が別に必要なのですが……」

異常な状況だからこそ指揮するものは必須。無秩序に剣を振るえば混乱に拍車をかけてしまう。幸い蒼の騎士団にはいくらでも優秀な指揮官はいるが、異常な状況下に対応できるかといえば大きな不安が残る。今はなによりも冷静さが求められるとき。混乱を避けるべく命令系統を一本化するため、第八軍も同時に指揮する必要がある。

しかしながら先程まで剣を交えていた第八軍を上手く使いこなせるような指揮官となるとそうはいない。そもそも第八軍が素直に命令を聞く保証などどこにもない。常に理性が感情を上回るほど人間が賢ければ、戦争など起きるはずもないのだから。

「わたしの部隊から指揮する人間を選んでもいいかな？」

「……いますか？」

「多分大丈夫だと思う。──アシュトン！　話は聞いていたよね！」

オリビアから声をかけられた金髪の青年は、明らかに動揺した様子を見せていた。

「僕が!?」

「だってアシュトンのほかに頼める人間はいないから」

「お前って奴は……こんな地獄に迷い込んだような状況の中で、なんて殺し文句を言ってくるんだよ……」

「頼んだよ」

言ったオリビアが可憐な笑みを見せると、アシュトンは頭を思いきり掻き毟る。そして、自らを落ち着かせるように大きな深呼吸をした。

「わかったよ。──蒼の騎士団の方々たちは攻撃に専念してください！　第八軍は蒼の騎士団の防御に徹すること。それと──」

アシュトンは的確な指示を矢継ぎ早に飛ばしていく。当然蒼の騎士団に戸惑いは生じるも、それでも彼の指示に従って強固な防御陣を構築してみせた。蒼の騎士団が理性を優先させたことに誇りを感じながら、フェリックスはオリビアに声をかけた。

「この状況下で最善且つ一切無駄のない指示だ。彼がオリビアの影で暗躍していた人物だと今はっきり認識しました」

「アシュトンは自慢の軍師だからね」

誇らしげに胸を張るオリビアに頷き、フェリックスは緩慢な動きで迫りくる亡者の群れに向けてエルハザードを構えながら腰を深く沈める。

「行くぞッ！」

「うん！」

フェリックスとオリビアは亡者に向けて俊足術を発動させた。二人の行動に後押しされる形で蒼の騎士団も亡者の掃討を始めれば、第八軍もまたアシュトンの命令を遂行し、蒼の騎士団の防御に尽力する。

千に及ぶ亡者を駆逐したのは、それから三時間後のことだった。いつの間にか空は元の明るさを取り戻し、大地には目を覆うばかりの死体が散乱していた。

「──予想以上に時間がかかってしまいました」

フェリックスはエルハザードを鞘（さや）に納めながら一息つく。

「仕方がないよ。死んだ人間と戦うなんて初めての経験だし」

この悪夢のような事態にもかかわらず、両軍共にそれほどの死者を出さなかったのは、適時飛ばされるアシュトンの的確な指示ばかりでなく、命令を確実に遂行できる優秀な指揮官が多かったことも幸いした。

だからといって問題がなかったわけではない。亡者に殺された者もまた亡者として蘇（よみがえ）ったことで、剣を向けるのを躊躇（ちゅうちょ）するものが少なからずいたということだ。亡者になったとはいえ、元は苦楽を共にしてきた仲間。そう簡単に割り切れるものではない。

この災厄がこれで終わったなどと、フェリックスは毛ほども思っていない。元凶だと思われるダルメスを抑えなければ、この先何度でも同じことが起きると確信していた。

「それで、フェリックスさんはこれからどうするの？」

オリビアは漆黒の剣にべっとりと付着した肉片を地面に払いながら尋ねてくる。

「ダルメスの謎めいた発言も気になりますが、それ以上に皇帝陛下の安否が気がかりです。ここにいたところで状況が摑めるわけではないので、私は一度帝都に戻ろうと思います」

「でもさっきのダルメスっていう人間の話を聞いていた限りだと、フェリックスさんは逆賊だと見なされたんだよね？　簡単に帝都へ戻れるの？」

「それは……」

オリビアの言うことは至極もっともで、フェリックスは新皇帝に仇なす逆賊の汚名を着せられてしまった。ラムザを救出することに一抹の不安がないわけではない。

言葉に窮するフェリックスの下に、マシューとテレーザが共に歩み寄ってきた。

「申し訳ありません。話は盗み聞きさせていただきました。我ら親衛隊と全ての蒼の騎士団は、どこまでもフェリックス閣下についていく所存です」

「……話を聞いていたならわかっているでしょう。今の私は新皇帝に逆らう逆賊です」

「あの会話を聞いていたらどっちが悪者かなんてわかりきっているじゃありませんか。自慢じゃありませんが私は子供の頃から正義の味方しかやったことがありません。今さら悪役をやろうとは思いませんよ」

マシューが小さく肩を竦めてそう言えば、

「マシュー少佐の言う通りです。それとも閣下は私たち蒼の騎士団をお見捨てになるつもりですか？」

「テレーザ中尉……」

再び言葉に窮していると、オリビアがパンと手を叩いた。

「話は決まったみたいだね。ならわたしも一緒について行っていいかな？　ちょっと確かめたいことができたから」

「確かめたいこと？」

「うん。凄く個人的なことだけど」

「こうなった以上オリビアがいてくれるのは心強いですが……率いている第八軍はどうするのです？」

見れば、第八軍の兵士たちが不安そうにオリビアを見つめている。この状況下でオリビアが不在となれば、少なからず動揺するのは想像に難くない。

「とりあえずファーネスト王国に撤退させるよ」

「……そうですね。私が言うのもおかしな話ですが、こうなった以上はそれがいいのかもしれません」

二人の会話に割って入ったのは、必死な形相を浮かべるアシュトンだった。

「オリビアがなんと言おうが僕はついていくからな」

「アシュトンがなにを言ってもそれはダメだから」

「なんで駄目なんだよ！」

「もちろんアシュトンには色々とやってもらうことがあるからだよ」

　オリビアは第八軍の本隊と合流し情報収集に努めるよう命じた。納得しない様子のアシュトンがさらに口を開こうとしたところ、凛とした女騎士がアシュトンを諭した。

「今のアシュトンの役目は閣下についていくことではない。気持ちは痛いほどわかるがここは素直に従うべきだ」

　アシュトンは苦悶の表情を浮かべるも、最後は渋々といった様子で了承する。女騎士とアシュトンはそれぞれ命令を下し、出立の準備に取り掛かった――。

「――オリビア、無茶だけはするなよ。今度ばかりはなにが起こるか予想もつかない」

「アシュトンこそ無茶はしないようにね」

「そもそも僕は無茶をするような柄じゃないよ」

「それもそうだね」

　顔を露骨に顰めながら手綱を引いて馬を反転させたアシュトンは、背中越しに手を振ってくる。一瞬アシュトンが消えてしまうような感覚に襲われ、オリビアは思わず叫んだ。

「アシュトン！」

「……なんだ？」

馬を止めたアシュトンが振り返る。オリビアの瞳に映るアシュトンは、いつも通りの優しくてどこか頼りない顔立ちをしていた。

「……うぅん。なんでもない」

「……こんな状況になっても変な奴だな」

首を傾げて手綱を振るうアシュトンを漠然と見送っていると、カグラに騎乗したクラウディアが声をかけてきた。

「アシュトンを遠ざけたのは正解です。はっきり言って今の帝都には私も嫌な予感しかしませんので」

「そうだね。アシュトンの言う通り、この先なにが起こるかわからないし」

これからオリビアが目指すダルメスという人間は、言葉を脳に直接語りかけてくる術、つまりゼットと同じ術を使っていた。非常に興味があると同時に警戒に値する人間だ。

クラウディアは自ら守る術は心得ている。だが、アシュトンにはそれがない。王国十剣のリフルを始めとしてそれなりの護衛はつけているけれど、それでも最後の最後に自分の身を守るのは自分だけ。どんなにお願いされようと連れていくわけにはいかなかった。

「――こちらの準備は整いました」

「こっちも問題ないよ」

コメットに跨ったオリビアはフェリックスに馬を寄せた。

オリビアの帝都行きに付き従うのはクラウディア以下、五十名の兵士と決まった。帝都の状況が定かではない以上、帝都民を殊更に刺激したくないとの配慮である。

「でもさ。人生って面白いよね。さっきまで殺し合いをしていたのに、今はこうして一緒に馬を並べているんだから」

オリビアが改めて周囲を見渡しながら笑顔でそう言うと、フェリックスは苦笑した。

「確かにそうですね。先程も言ったことですが、一時的とはいえオリビアが味方なのはこの上なく心強いですよ。——では時間が惜しいのでそろそろ行きましょう」

「進路、帝都オルステッド！」

テレーザの号令が高らかに響く。

混迷を加速させる時代と相反するように、空は鮮やかな群青色に包まれていた——。

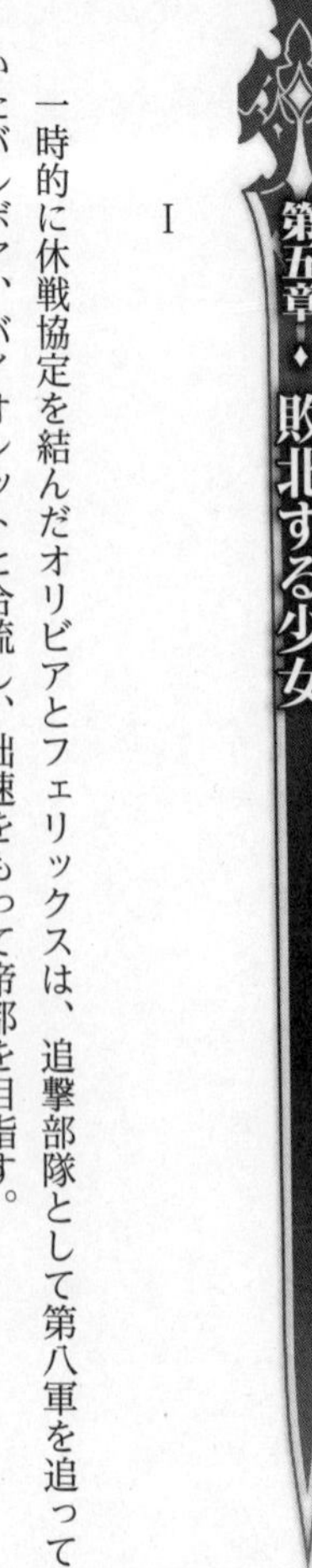

第五章 ◆ 敗北する少女

I

一時的に休戦協定を結んだオリビアとフェリックスは、追撃部隊として第八軍を追っていたバルボア、バイオレットと合流し、拙速をもって帝都を目指す。

そして、いよいよ帝都の影が見えたところでフェリックスは進軍の足を止めた。

「どうやらこちらの動きは筒抜けのようですね」

フェリックスが遠眼鏡越しに見るのは、黒の武装で統一された兵士たちがおよそ二万。

帝都の侵入を阻むように横隊の陣形を組んでいる。

ダルメスが創設した直轄軍で間違いなかった。

「どうするの？」

流麗な文字で〝サスケ〟と書かれた遠眼鏡をホルダーに戻したオリビアが、覗き込むようにして尋ねてくる。兵力的にはこちらが劣っており、直轄軍の実力は未知数。それでも蒼の騎士団が負けるなどとは思えないが……。

「ここは私たちに任せて閣下は皇帝陛下を一刻も早くお救いください」

「……いいのですか？」

尋ねれば、バイオレットは黄金の髪を掻き上げて言う。

「良いも悪いもありません。閣下ともあろうお方が今さらなにを迷っているのです。それといけ好かないそこの女とその部下たちも一緒にお連れになってください。私の指揮には邪魔以外のなにものでもないので」

「え？　わたしは初めからそうするつもりだったけど」

キョトンとした顔でオリビアが言えば、バイオレットは軽い舌打ちをした。

「ならさっさと行きなさいよ！」

「……ね、わたしってあの人間になにか気に障ることでも言ったのかな？」

オリビアがわからないとばかりにフェリックスの耳元で囁けば、バイオレットが肩を怒らせながら近づき、オリビアとフェリックスの間を強引に割って入る。

フェリックスは苦笑し、

「ではバイオレット中将を総司令官代行に任命します。同士討ちは避けたいところですがこうなった以上はやむを得ません。皇帝陛下を救出するまでよろしくお願いします」

「お任せください。直轄軍のことは噂程度にしか知りませんが、それでも同じ帝国兵士です。閣下がお戻りになるまで上手く立ち回ってみせます」

左手で敬礼する一方で、背中に回ったバイオレットの右手は蠅でも追い払うように忙しなく動いている。その手を見ながら困惑するオリビアが妙に可笑しくて、フェリックスは思わず吹き出してしまった。

途端に冷えた目を向けてくるバイオレット。フェリックスは慌てて表情を引き締めた。

「では改めて頼みます。それとバルボア少将には副司令官の任に就いてもらいます」

「第八軍の次は得体のしれない直轄軍が相手ですか。閣下たちが遭遇したという亡者を相手にするよりは大分ましですが……それにしても閣下は老い先短い年寄りをこき使いますな」

「すみません。歴戦の勇将に頼ってばかりで」

頬を掻きながらフェリックスが謝罪を口にすれば、バルボアはカカと笑った。

「帝国随一の勇将にそう言われては、今一度この老骨に鞭を打たねばなりますまい」

言ってバルボアは表情を瞬時に厳しくする。これ以上フェリックスから伝えることはなにもない。二人とも信頼に足る将軍。上手くやってくれるだろう。

フェリックスはオリビアに正対した。

「──私しか把握していない隠し通路があります。そこから帝都へ侵入しましょう」

参加した主な者はフェリックス、オリビア、クラウディア、テレーザ、マシューであったと《アースベルト帝国列記》に記されている。

Ⅱ

蒼の騎士団とダルメス直轄軍による戦いの火蓋が切られたまさにその頃、フェリックスたちは帝都近郊の森に佇む小屋の前に足を運んでいた。近場には小規模な湖が広がり、水鳥が綺麗な水線を引きながら優雅に泳いでいる。

「行きましょう」

先頭を行くフェリックス人が小屋の扉を開けると、そこには品の良い髭を蓄えたひとりの老人が立っている。長年にわたって小屋の番人を務めているシラクだ。会ったのは実に五年振りのことだった。

「久しぶりですね。元気そうでなによりです」

シラクは目に涙を溜め、感極まったように言う。

「フェリックス坊っちゃま。お懐かしゅうございます。それにしてもご立派になられましたなぁ……」

「フェリックス坊っちゃま？」

横からまじまじと見つめてくるオリビアを無視し、フェリックスは中の様子を窺いながら尋ねる。

「事は急を要します。準備はできていますか？」

「すでに整えておりますが……この方たちは？」

優しい光を湛えていたシラクの瞳は鋭いものへと移り変わり、値踏みするようにオリビアとその部下たちを見ていた。オリビアとクラウディア以外はファーネスト王国の紋章が刻まれた鎧を身に着けている。いくらフェリックスと行動を共にしているとはいえ、敵国である人間をシラクが警戒するのも当然だ。

「彼らのことは心配ありません。私が保証します」

「……かしこまりました。ではこちらへ……」

案内されるがまま小屋の中を真っすぐ進み、突き当たりを右に曲がった先の扉をシラクが押し開ければ、地下に続く階段が目の前で口を開けていた。

「ではこちらをお持ちください」

シラクは手にした松明を次々に渡していく。

「市井の者たちは突然新皇帝が即位したことと、蒼の騎士団が帝国に対して反旗を翻したとの報にかなりの混乱を見せています。リステライン城では新皇帝に不満を持つ貴族たちを粛清しているとの噂も聞き及んでおります。フェリックス坊ちゃまに限って万が一はないと存じますが、くれぐれもお気を付けください」

シラクに礼を言い、フェリックスは松明に照らされた階段を下りていく。テレーザ、そしてマシューたち親衛隊が続いて階段を下り、最後にオリビアたちが粛々と続く。

「ところでこの抜け道はどこに続いているの？」

手入れが行き届いている地下道に足を踏み入れて早々、オリビアが緊張感をまるで感じさせない様子で尋ねてくる。

「リステライン城の中庭へと通じています」

「お城と繋がっているんだ。それは楽ちんでいいね。ちなみにダルメスって人間はどこにいるのかな？」

「オリビアが気になっているのはダルメスのことなのですか？」

ラムザの身を案ずるあまりオリビアが同行する理由を尋ねなかったが、まさかダルメスのことを気にしているとは夢にも思ってみなかった。

当然ダルメスとオリビアの間に接点などないはずだ。

「なぜダルメスのことがそれほど気になるのですか？」

オリビアの部下たちも理由が気になるのだろう。後ろに目がついているわけではないが、それでも聞き耳を立てていることはわかる。オリビアの隣を歩くクラウディアに至っては、どこか必死さを思わせる視線を向けていた。

（一時的とはいえ仮にも総司令官たるオリビアが逸脱した行動を取ることに、本来なら批判のひとつも上がりそうなものだが……）

フェリックスがこれまで見ている限りでは、兵士たちに不満の様子は見られない。それどころかオリビアの手助けになりたいとの思いが窺える。

　年齢的には妹のルーナとそう変わらなく見えるこの少女は、すでに信頼というかけがえのないものを手にしているのだとフェリックスは思った。

「ダルメスの声が頭の中から聞こえてきたでしょ？」

「ええ」

「あれってさ。ゼットがわたしによくやっていたことなんだよ」

　さらりと口にするオリビアだったが、到底聞き流せるものではなかった。

　現時点でダルメスが魔法士、しかも〝独自型〟に属する魔法士ではないかとフェリックスは疑っている。でなければあの場にいた全員に声を聞かせるなどと、神の啓示のごとき行いができるわけもない。

「そのゼットという人物は魔法士なのですか？」

「え？　魔法士じゃないよ」

　あまりにもさらりと否定されたので、フェリックスは次の言葉が咄嗟に出てこなかった。

　その隙間を埋めるかのように、オリビアが今後の方針を尋ねてくる。

「城の中庭に出たら二手に別れましょう。私もダルメスのことは気がかりですが、あくまでも優先するのは皇帝陛下の身柄を確保することです」

「じゃあわたしたちはダルメスのところに向かいながら注意をこちらに引きつけるよ。そのほうが皇帝を助けやすいでしょう？」

「……よろしいのですか？」

オリビアは「もちろんよろしいよ」と笑顔で言う。ありがたい申し出ではあるも、裏を返せば自分の部下を危険に晒（さら）すと言っているに等しい。

困惑を覚えるフェリックスをよそに、オリビアの部下たちはやる気を漲（みなぎ）らせていた。

しばらくしてフェリックスは「ここです」と、袋小路の前で足を止めた。オリビアは目の前の壁に視線を這（は）わせて、最後に小首を傾（かし）げた。

「でもここって行き止まりだよね？」

疑問を口にするオリビアを尻目に、フェリックスは石壁の一部に手を当てて強く押し込む。すると、石壁の一部は吸い込まれるように奥へと消え、やがて重々しい音と振動を響かせながら目の前の石壁が徐々に迫（せ）り上がっていく。

オリビアは「こういうの大好き！」と、無邪気な声を上げていた。

「これから中庭に出ます。くれぐれも油断しないように」

上機嫌なオリビアを尻目に、フェリックスは開かれた扉の先へと慎重に足を進めた。

Ⅲ

エルフィール渓谷

第八軍の本隊と合流したアシュトンは、早速ルークや主だった諸将に事の顚末を説明していく。オリビアとフェリックスが繰り広げた一騎打ち。帝国の新皇帝と名乗るダルメスの言葉。地中から這い出てきた亡者の群れ。蒼の騎士団とは休戦し、一時的ではあるも手を結んだこと。

全てを話し終えたとき、誰もがこれ以上ないほど困惑した表情を浮かべていた――。

「――話はわかりましたが正直なところ理解が追いついていません。あまりに常軌を逸した内容なので……」

ルークの反応はごく当たり前のものだと言えた。今思い出しても全身が総毛立つ光景をこの目で見ていなかったら、アシュトンとて懐疑的な態度を取っていたに違いない。そういう意味ではとにかくも受け入れたルークの度量は、アシュトンのそれよりも随分大きいといえよう。

「穴を塞いでいた蒼の騎士団が慌てて引いたので、オリビア閣下が敵総司令官の首級を挙げたとばかり思っていました……」

「それなら話は単純だったんだけどね。今の状況は複雑怪奇そのものだよ」

「亡者の件もそうですが、さっきまで剣を交えていた蒼の騎士団と手を結ぶだなんて誰も想像できませんよ。——それで我々は今後どう動いていくのですか？」

「まずこの件を第一連合軍と第二連合軍に知らせつつ、第八軍は攻略した砦を経由しながら王都に帰還する」

「了解しました。しかしこの話を上層部は信じますかね？」

アシュトンが懐に忍ばせている書状には、事の詳細に加えてフェリックスとオリビアそれぞれの署名が直筆で記されている。幸いなことに上層部は話の通じる人間が揃っているが、それでも突拍子のない話であることに変わりはない。

正直信じてくれるかどうかは五分五分だとアシュトンは思っていた。

「——じゃあくれぐれも頼んだよ」

「「はっ！」」

一抹の不安を抱きながらも書状を二人の伝令兵に託すと、アシュトンはルークから指揮権を引き継いで一路王都を目指す。進撃してきた道をなぞるように進むこと二日、奪取したテスカポリス砦に到着して早々、第二連合軍の伝令兵が姿を見せる。体調でも崩しているのか、伝令兵の顔はかなり青白い。目も焦点が定まっていないように思えた。

「ブラッド大将閣下からの伝言です。『状況は把握した。今後のことを話し合いたいのでアシュトン中佐は砦に留まり、第八軍は予定通り王都に帰還されたし』とのことです」

どうやら書状は無事届き、ブラッドが理解を示してくれたことにアシュトンはホッと息を吐いた。あとは第一連合軍からの連絡を待つばかりだ。

「第二連合軍は数日内に到着する予定です。加えて状況が状況なので王国十剣も王都フィスに戻られたしとのことです」

普段表情が乏しいリフルが、このときばかりは露骨に嫌な顔をして見せた。

「ここはまだ戦場……油断するべからず。だから護衛も続行」

「いや、命令が出た以上そういうわけにもいきませんよ」

蒼の騎士団との戦いは終わったものの、今までにない脅威がすぐそばまで迫っているのをアシュトンは肌で感じている。その状況でリフルが護衛から外れるのは正直言って不安だが、命令違反を見て見ぬ振りをするわけにもいかなかった。

「リフル特佐、ご心配には及びません。アシュトンは俺がきっちり守ってみせますから」

得意げにアシュトンの肩に手を置くジャイル。リフルはジャイルの全身に胡乱な視線を這わせると、最後に大きな溜息を吐いた。

「それって酷くね⁉」

翌朝――。
再びルークに率いられた第八軍は、最後まで離れることを渋ったリフルや重傷のガウスらと共に王都の帰途に就いた。

テスカポリス砦に残ったのはアシュトン、ジャイル、エリス、エヴァンシン。そして、五百名からなる兵士である。

「――行ったな……」

アシュトンが振っていた手を下ろしてそう呟けば、ジャイルが肩を揺らして笑った。

「なに笑っているんだよ？」

「気にするな……しかし砦こそ違うが二人でこうしていると思い出さないか？」

きっとジャイルはランブルク砦で過ごした日々のことを言っているのだろう。アシュトンは短く「そうだな」と答えた。

「あのときの俺たちは山賊相手にブルっちまって立っているのがやっとだった。それが今やどうだ。高々二年足らずで大出世だ。当時の俺たちが今の俺たちを見たらきっと泡を吹くこと間違いなしだぜ」

カカと笑いながらも、どこか郷愁を滲ませるジャイル。腐れ縁といえる男の横顔を、アシュトンはじっくりと眺めた。

「そうだな。本当にジャイルは頼もしくなったよ」

ジャイルは今も激しい鍛錬を自らに課している。その動機の元となっているのはオリビアの戦いについていくというものだが、それだけの思いでここまでのし上がるのは並大抵なことではないとアシュトンは思う。元々武の才能に恵まれていたとしてもだ。

「アシュトンはそうだなぁ……偉くはなったけど中身は大して変わってないな」

「なんだよそれ？　そこはお前も頼もしくなったって言うところだろ？」

弾ける（はじ）ように笑うジャイルにつられてアシュトンも笑う。

ひとしきり笑ったあとは沈黙が訪れた。それは決して気まずいものではなく、春のそよ風のようになんとも心地の良いものだった。

「──ジャイル」

「──ん？」

「ジャイルは……オリビアのことが好きなのか？」

「……俺にとってあの人は今も昔も崇拝の対象だ。好きとか嫌いとかそういう次元じゃない。あの人のそばにいて、あの人の役に立てることが俺にとってなによりの幸せなんだ。──で、そういうお前はどうなのよ？」

問われ、アシュトンはなんとはなしに空を見上げて、

「僕は……うん。僕はきっとオリビアのことが好きなんだと思う」

「思うって、相変わらず曖昧な奴（やつ）だな」

「そんなこと言われたって困るよ。こういう気持ちになったのは生まれて初めてだし」

「は!?　おまっ!?　その年で初恋かよ!?」

ジャイルはあり得ないといった表情でアシュトンを凝視した。

「悪かったな。初恋で」

「いや別に悪くはねぇが……しかしあれだ。初恋ってやつは実らないのが相場ってよく聞くぜ」

「え!?　そうなの!?」

「まぁそれは置いとくとして、お前が自分の気持ちを素直に口にしたことは大きな進歩だよ。実際」

「ちぇっ。相変わらずそういうところは偉そうだよな」

「そりゃあ二十一歳で初恋をしているような男を目の前にしたら、どうしたって上から目線になるわ。俺はお前と違ってそれなりに場数は踏んでいるし」

「はいはい。左様でございますか」

「ま、その手のことに関しちゃお前は鈍感を通り越して害悪ですらあったからな。今後吹けば飛ぶような勇気を振り絞ってあの人に思いを伝えるのはいいが、俺としたら色々と知っているだけに結構複雑な心境だな」

「……やっぱりオリビアのことが好きなのか?」

「どうしたら今の会話でそう取るんだよ。ただ……」

「ただ?」

視線を宙に彷徨(さまよ)わせたジャイルは、苛立(いらだ)ったように頭を掻(か)き毟(むし)った。

「やっぱ自分で考えろ」

「は？　散々思わせぶりなことばかり言ってそれかよ。そう言えばエリスにも前に似たようなことを言われたな。……ここは上官命令を使わせてもらうか」

アシュトンが大きな咳払(せきばら)いをすれば、ジャイルは軍靴を高らかに鳴らして敬礼した。

「それだけはご勘弁ください！　では部下を待たせておりますので自分はこれで失礼いたします！」

声をかける間もなくジャイルは砦に逃げ込んでしまった。どうやら冗談が通じなかったらしいと、アシュトンはひとり頬を掻く。

（ま、思いを伝えるにしても今じゃない。全てが終わってからだ）

Ⅳ

近くに人の気配がないことを確認して、フェリックスたちはリステライン城の中庭へと抜け出た。地下道を進んでいるうちに日も沈んだようで、夜の衣がフェリックスたちを包み込んでいる。

「では事前の打ち合わせ通りここで二手に分かれましょう」

「うん。これありがとね」

　オリビアは手にした紙をひらひらとさせた。フェリックスが書き記したリステライン城の見取り図だ。

「そちらに負担がかかりますがお願いします」

　ラムザを救出するためとはいえ、本音を吐露すればオリビアたちに同胞を殺してほしくはない。今はフード付きのマントを羽織っているので王国の人間だとすぐにはわからないだろうが、それでも夜陰に紛れて動く怪しい者たちを衛兵たちが目にすれば、容赦なく排除にかかるだろう。当然オリビアたちも身を守るために剣を抜く。

　せめて戦闘不能な状態で留めてほしいが、本気で殺しに来る相手に対して殺さないように制するのは相当な力量を必要とする。オリビアなら十分可能であっても、部下たちにそれを要求するのはお門違い。口にすることなどできようはずもなかった。

　だが、オリビアはフェリックスの思いを汲んだ言葉を口にする。

「安心して。なるべく城の人間は殺さないようにするから。わたしの目的はダルメスに会うことで城を落とすことじゃないし」

　オリビアの配慮に感謝の言葉を述べるも、目的が城を落とすことなら実行してみせると言わんばかりの発言には引っかかりを覚えてしまう。が、あえてその件には触れなかった。

「では脱出は各自ということで……」

オリビアたちと別れたフェリックスは、マシューら親衛隊と共に城内の侵入を果たす。

足を踏み入れてすぐに漂う血の香りをフェリックスの鼻が捉えた。匂いの出所を探れば、どうやら地下室から漂ってきていることがわかった。

（この匂いは……）

（シラクの話に間違いはなさそうですね……）

一瞬迷うもすぐに決断し、地下室で囚われているだろう者たちの救出をマシューたち親衛隊に命じた。

「それでは閣下がおひとりに！」

フェリックスに詰め寄ろうとする若い親衛隊の肩を、マシューがグイと摑んで言う。

「閣下、くれぐれもお気を付けください」

「マシュー隊長!? なぜお止めしないのですか。我々親衛隊はフェリックス閣下の身を守ることが任務です」

若い別の親衛隊も同様の言葉を口にすれば、マシューの表情は険しいものへと変化する。普段は陽気な性格なだけに、今の彼には有無を言わせぬ迫力があった。

「すでに閣下からの命令は下された。ならば俺たちは黙って命令を実行すればいいんだよ。

――部下が大変失礼いたしました」

「助け出したら私のことは気にせず脱出してください」

「わかりました。──行くで」

地下室へ向かうマシューたちを見送ったフェリックスは、壁伝いに歩を進めていく。目指すべき場所は城の最上階。周囲からの視線を遠ざけるため、ラムザは自らの私室に囚われているだろうとあたりをつける。

慎重に周囲の様子を探りながら三階に到着した時点で、フェリックスは足を止めた。

（ここに至るまで不自然なほど誰もいない……）

城に詰める文官の姿は素より、当然いるべき衛兵までもがいない。これでは逆に警戒心を煽ってくれと言っているようなもの。

（罠か？──しかし、たとえ罠だとしても今さら立ち止まるわけにはいかない）

フェリックスはすぐに歩みを再開させた。階段を上がるごとに複雑に入り組む廊下をいくつも抜ければ、程なくして城の最上階に到達した。

（やはり人の気配はない……）

銀月の光に照らされた青白い廊下を、一歩一歩踏みしめるように進む。やがて十字剣が描かれた青い扉の前にたどり着いたフェリックスは、素早く壁に身を寄せながらオドを研ぎ澄まし、感知能力を拡大させていく──……。

（……部屋の中央から右斜めの場所に人影がひとつ。伏兵は……確認できない）

そっと扉の取っ手に手を伸ばす。静かに扉を開きながら体を滑り込ませるように部屋へと入ったフェリックスの視界が、闇と同化するように座っているラムザを捉える。

「皇帝陛下、フェリックスです」

ラムザの下に駆け寄り小さく声をかければ、錆び付いた歯車のように首をぎこちなく動かし、ラムザとフェリックスの視線は重なる。

しかし、ラムザの口は固く引き結ばれたまま動く気配を見せない。

「皇帝陛下」

さらに呼びかけるもやはり返答はない。色のない瞳は芒洋とし、まるで一切の感情が欠落しているようにも見えた。

ラムザは何事もなかったかのように首を元の位置に戻してしまう。そこにかつてのラムザの姿はなく、フェリックスはあらん限りに拳を握りしめた。

(なんでもっと早く気づけなかった！　機会はいくらでもあったはずなのに！)

己を叱咤しながらラムザを見つめていたそのとき、左方向から怖気を催す感覚が走った。

同時に一本のナイフが音もなく飛んでくる。

手刀でもってナイフを弾けば、しわがれた声が聞こえてきた。

「今のナイフを退けましたか。さすがは帝国三将、いや、元三将ですか」

暗闇の中から這い出るように、ダルメスが顔を綻ばせながら姿を現す。

「ダルメス！　貴様皇帝陛下になにをしたッ！」

「何度も同じことを言わせないでください。元、皇帝です。それにしても相変わらず新皇帝に対してぞんざいな物言いですねぇ」

「貴様が新皇帝など私は断じて認めない！」

「フェリックスさんが認めないといくら吠えてみたところで現実はこうです」

ダルメスは唯一ラムザだけが身に着けることを許された帝冠をこれみよがしに自分の頭へと載せ、次の瞬間には無造作に床へと放り投げていた。

「まぁ元々こんなものには興味もないのですが……しかしフェリックスさんもほとほと酔狂ですね。こんな男を助けるためにわざわざラムザに向けた。

ダルメスは心底侮蔑するような視線をラムザに向けた。

「貴様に皇帝陛下のなにがわかる！」

「人間の本道を忘れた男のことなどわかるわけがありません」

「……私が事前に調べた限り気配はひとつしかなかった。どうやって気配を隠していたかはわからないが、私がここに来ることがわかっていたようだな」

「フェリックスさんはその男に傅くご執心のようでしたので、必ず助けにくるとは思っていました。元々あの程度のことでフェリックスさんが死ぬとも思っていませんので」

「……その話を聞く限り、このまま見逃すつもりはないようだな」

「当然です。わざわざこんな場所でフェリックスさんが来るのをお待ちしていたのは、楽しく語らうためではありませんよ」

濃紫色に染まった唇を左右に広げるダルメスに対し、フェリックスは腰に帯びているエルハザードをゆっくり引き抜く。

(オリビアには悪いがこうなった以上は仕方がない。ここでダルメスを見逃しては、後々大きな禍根を残すことになる)

フェリックスは俊足術を発動させ、ダルメスに向けてエルハザードを一閃する。

しかし――。

「これは凄い。実に人間離れした動きをしますねぇ」

ダルメスは大げさに手を叩いて見せた。フェリックスの正面には、六面体で構成された透明に輝く盾のような代物。放った一撃はこの盾によって難なく防がれている。

フェリックスは両脇を締め、盾にエルハザードを押し付けながら聞く。

「貴様は魔法士なのか?」

「そう思うのも仕方のないことですが、魔法士ではありませんねぇ」

小馬鹿にしたように笑うダルメス。魔法でないのならオドを物質化したと見るべきだが、しかし、先程から感じるダルメスのオドは、一般人が有するそれと大差はない。つまり物質化などできるはずがないのだ。そうでなくてもオドの物質化には相当な技術を要する。

「ダルメス、貴様は一体何者なのだ?」

「そうですねぇ。……今はしがない一国の皇帝でしょうか？」

濁った黄色い歯を見せながら、ダルメスは右手をフェリックスへ向ける。瞬間、フェリックスの体は見えない力によって吹き飛ばされ、背後の壁へと強烈に叩きつけられた。

「ほう。中々に頑丈な体ですね。グラーデン元帥のようにはいきませんか」

「やはり……グラーデン元帥を殺害したのはお前か……」

立ち上がったフェリックスは、口元から流れ出る血を手の甲で拭った。

「おやおや？　気づいていたのですか。あれも余計な好奇心を抱かなければもう少しだけ生きていられたのですが」

ダルメスは嘆かわしいとばかりに首を振る。得体のしれない力を振るうダルメスを放置することはできないと強く思う一方で、フェリックスが全力で力を行使すれば間違いなくラムザに怪我を負わせてしまう。

まずはなによりもラムザを連れてこの場を脱出することが肝要だ。

（やはりこの場は逃げの一手しかありませんね）

フェリックスはエルハザードを大上段に構えた。

「なにをしたところで死ぬことに変わりありませんよ」

余裕の笑みを浮かべるダルメスの頭上に向け、フェリックスはエルハザードを十字に振るった。エルハザードから放たれた衝撃波は天井を粉々に破壊し、ダルメスに向けて巨大な瓦礫が無数に降り注ぐ。

「緊急時であれば御免！」

微動だにしないラムザを素早く抱きかかえたフェリックスは、即座に俊足術を発動して部屋からの脱出を試みる。

「……まぁいいでしょう。後々邪魔になりそうな芽を先に摘んでおきますか……」

警戒していた妨害は一切なく、轟音に混じって不気味に笑うダルメスの声がいつまでもフェリックスの耳にこびりついていた。

V

フェリックスたちとは逆の東棟に向かったオリビアたちは、見取り図を元に手薄そうな勝手口からの侵入を試みようとしていた――。

「少々お待ちを」

先頭に立つクラウディアが扉越しに中の気配を窺っていると、不意にオリビアの手が取っ手に伸びてくる。オリビアがなにをしようとしているのかすぐに察知したが、止める間もなく取っ手から硬質な音が響いた。

慌てて周囲を見渡し、異変がないことを確認する。地面に向けてねじ切った取っ手を放り投げたオリビアへ、クラウディアは抗議の視線を浴びせた。

「見つかったらどうするんですか！」

「ここにわたしたち以外の気配は感じないから大丈夫だよ」

あっけらかんと言うオリビアはそのまま堂々と扉を開き、一切の躊躇（ちゅうちょ）なく歩を進めていく。クラウディアたちも慌てて後に続けば、オリビアの言葉通り人の姿はなく、隅々まで清掃が行き届いた調理場が視界に広がるのみだった。

さらに奥の扉を開けようとするオリビアの肩を慌てて掴み、クラウディアは小声で苦言を呈した。

「お願いですからもう少し慎重に行動してください！」

振り返ったオリビアは、暗闇の中でもわかるくらいには不思議そうな顔をしている。

「でもさ。わたしたちには陽動の役目があるじゃない？　もう城の中に入ったんだから見つかってもいいと思うんだけど？」

「そうですが閣下の目的はダルメスに会うことですよね？　早々に見つかってしまっては目的の場所にたどり着くのが困難になります」

見取り図だと、現在の場所からダルメスの執務室まではかなりの距離があることを示している。城自体の構造もレティシア城と比べてかなり複雑だ。

まずは城の者たちに気取られることなく目的の場所を目指したのち、然（しか）るべき体制を整えてから陽動をかけても遅くはないとクラウディアは説明する。

一時的に休戦したとはいえ、所詮フェリックスたちは敵である。無論口には出さないがそこまで義理立てする必要もないとクラウディアは考えていた。

「まぁそうか……うん、それもそうだよね」

曖昧な返答をしながらも一応納得はしてくれたらしい。クラウディアは安堵の息を落とす。改めて探索を開始して間もなく、すぐに別の問題に直面した。

部下たちに視線を送れば、緊張と困惑が混じり合った表情を浮かべている。やはり考えていることは同じらしい。

「この様子、少し変ではありませんか？」

オリビアは視線を前に向けたまま答える。

「そうだね。レティシア城は夜でも沢山の人間が働いていたけど、この城には全然人間がいないね。もしかして帝国は夜に仕事をしないのかな？」

「そんな馬鹿な話はありませんよ」

クラウディアが呆れて一蹴すれば、オリビアは冗談だよと口にしてくる。それればかりか「中々冗談が上手くなったでしょう」などと言って微笑んでくる有様だ。

クラウディアはより一層呆れ、部下たちは揃って苦笑していた。

「そもそもここは我々が最終的に目指していた場所です。そのこと努々お忘れなきように」

　クラウディアは声を低くしてオリビアを戒める。オリビアは笑顔を徐々に硬くし、最後は首を小刻みに何度も振った。

　それからもクラウディアたちは誰ひとり会うことなく目的の場所へと到達した。

「――どうやらあそこのようですね……」

　廊下の角から半分顔を出して視線の先にある大扉を眺めていると、クラウディアに覆い被さるような形でオリビアも顔を覗かせる。

「衛兵もいないのにここまで来るのに随分時間がかかっちゃったね」

　フェリックスが渡してくれた見取り図がなければ、迷路のように入り組む城内を今も彷徨っていた可能性はある。帝国兵がいればさらに時間がかかったことは容易に想像ができ、それだけに今の状況がクラウディアには不気味で仕方がなかった。

「じゃあここからはわたしひとりで行くから」

「なぜですか？」

　ここに至るまで衛兵はおろか人の姿が皆無な以上、フェリックスたちの状況も同じだろうと結論付けていた。もはや陽動は必要なく、ならば共にいることを選択するのは当然のこと。部下たちもオリビアと共に行くと次々に表明したのだが。

「質問は許さない。すぐに命令を実行しろ」

突然表情を怖いくらいに厳しくするオリビアに、クラウディアは二の句が継げなくなる。常にオリビアと共に行動してきたが、ここまでの態度を見せたのは初めてのことだった。

オリビアの豹変(ひょうへん)ぶりを目の当たりにして、部下たちも激しく動揺する。

「クラウディアたちは戻ってみんなと合流して」

「ですが」

「反論も許さない。行けッ！」

「……かしこまりました。ご武運を」

有無を言わせないオリビアの迫力に押される形で、クラウディアは動揺が収まらない部下たちと共に来た道を戻る。何度か後ろ髪を引かれる思いで振り返るも、オリビアは最後まで振り返ろうとはしなかった――。

Ⅵ

(厳しいことを言ってごめんね。でもここからはわたし個人のこと。みんなを余計な危険に巻き込むわけにはいかないから)

流れる雲に銀月が覆われ廊下が闇に閉ざされる中を、オリビアは正確な歩調で進んでいく。精緻な紋様が刻まれた大扉の前で半円を描いたオリビアは、振り上げた右足を大扉の中央に向けて叩きつける。大扉はバンと派手な音を立てながら開かれた。

（……いない）

ダルメスどころか誰ひとりとしていない。開いた窓から吹き抜けてくる冷たい風がカーテンを揺らしているだけだった。

（ここじゃない？——でも見取り図だとここで間違いないし……）

足を進めて部屋の奥へと向かうオリビアは、程なくして壁際に置かれた大きな本棚の隣、地下へと続く階段を目にした。

（もしかしてこの先にいるのかな？）

階段を覗き見たオリビアは、とにかく下へ降りてみることにした。灯り(あか)などはないが、夜目が利くオリビアにとっては問題にすらならない。リズミカルに階段を下りて道なりに進んでいると、不意に懐かしい気配を感じて思わず足を止めた。

（コレッテ!?）

気が付けば夢中で走り出していた。仄(ほの)かな灯りが次第に見え、岩を綺麗(きれい)にくりぬいたような部屋へと出る。同時にオリビアはあらん限りの声で叫んだ。

「ゼットッ!!」

オリビアの声が部屋中に反響する中、陽炎(かげろう)のように揺らめく影がゆっくり振り返る。

「奴(やつ)ノ名ヲ知ッテイル人間ガイル？——アア、オ前ガゼットノ玩具(がんぐ)ダナ」

「ゼット？」

「ソウカ。我ヲ奴ト見間違エタカ。確カニ下等ナ人間ノ目カラ見レバ、一緒ニ見エテシマウノモ当然カ」

「エ？　ゼットジャナイ……ノ？」

困惑するオリビアに影は言う。

「奴ノ名ヲ知ルオ前ニハ特別ニ教エテヤロウ。我ガ名ハゼーニア。真ノ理ヲ知ル者ダ」

ゼットとは似て非なるもの。それがはっきりとわかり、今にも張り裂けそうだった気持ちが急速に萎んでいくのをオリビアは感じていた。

冷静になって観察すればなるほど姿形は一緒に見えても、ちょっとした仕草や雰囲気がまるで違う。なによりゼットはこんな無機質な声で自分と話したりはしない。

ゼーニアはオリビアの手元をまじまじと見つめてきた。

「ソレガダルメスノ言ッテイタ漆黒ノ剣……!?　奴メ！　タカガ下等ナ人間ヒトリノタメニ、一体ナニヲ考エテイルノダ！」

身に纏う黒い靄を突如炎のように猛らすゼーニア。オリビアは原因の元らしい漆黒の剣に視線を落とした。

「ゼットからもらったこの剣がどうしたの？」

「玩具デアルオ前ガ知ル必要ナドナイ」

「さっきから玩具玩具って、わたしはゼットの玩具じゃないもん！」

ゼーニアの言葉をオリビアは真っ向から否定した。ゼットにとって自分がどんな存在であるかなんて未だにわからない。だけど、玩具でないことは断言できる。

「知ラヌトイウコトハ、ソレダケデ哀レナコトダナ。今モ昔モ人間ナド我ラノ〝糧〟ニ過ギナイ。存在ソレ自体ガ哀レナ生物ダ」

ゼットと同じくのっぺらぼうだから表情を読み取ることは難しい。それでも今のゼーニアは馬鹿にしたように笑ったとオリビアは確信した。

「マァソンナ話ハドウデモイイ。トコロデオ前ハココヘナニヲシニキタ？」

問われ、オリビアはゼットの手がかりを得るためにここまで来たことを告げた。

「確カニダルメスニハ、我ガ〝力〟ノ一端ヲ授ケテヤッタガ……ソレデ奴ノコトヲ知ッテイルカモシレナイト、ココマデヤッテ来タワケカ。ダガ残念ダッタナ。我トテ奴トハココシバラク顔ヲ合ワセテイナイ。無論、ドコニイルカナド知ル由モナイ」

「そっか……じゃああの動く死体も元はあなたの力で間違いなさそうだね」

「動ク死体？……ダルメスハソンナ下ラン遊ビヲシテイルノカ。本当ニ人間トイウ生物ハ不可解極マリナイ」

「あなたが与えた能力なら、もうあんなことはやめるように言ってよ。みんなが迷惑するから」

あの場だけのことだとオリビアは露ほども思っていない。ダルメスは絶対にまた同じことをやるはずだ。

「──ナゼダ？　ダルメスガナニヲシヨウガ我ニハ全ク関ワリナイコトダ」

「それは言ってくれないってこと？」

オリビアの問いに、ゼーニアは無言を貫く。もしかしたらこうしている間にも大事な仲間たちに危険が及んでいるかもしれない。

「あなたを倒せば動く死体はもう現れないってことでいいよね？」

「我ヲ……倒ス……？」

しばらくの間が空いた後、ゼーニアは再び黒い靄を猛らせながら声を立てて笑い始める。ゼットと違ってこの死神は、随分感情を表に出してくるなとオリビアは思った。

「ソウカソウカ。コノ我ヲ倒ストイウノカ。サスガ奴ノ玩具ダケノコトハアル。実ニ面白イ人間ダ。コンナ愉快ナ気持チニナッタノハ千年振リカ？──ヨカロウ。本来下等ナ人間ナド相手ニモシナイノダガ特別ダ。好キナダケカカッテクルガヨイ」

ゼーニアの左手に大鎌が具現化される。そんなところもゼットと全く一緒だった。

(でもゼットじゃない。ゼットじゃないけど……ゼットと同じくらい強烈な圧を感じる。

──様子見はない。最初から全力で行く)

鞘（さや）から漆黒の剣を引き抜いたオリビアは、大きく息を吐いて心を鎮める。意識を極限にまで研ぎ澄まし、体内に宿るオドを全身に張り巡らせていく。

　オリビアの体から銀色の光が揺蕩ってきた。

「ホホウ！　ソノ極メテ高純度ナオドノ輝キ。オ前ハ深淵人デアッタカ。マサカコノ時代ニマダ生キ残リガイタトハ驚キダ。コレハ益々以テ面白イ。――フム。ソウナルトココデハ少々狭カロウ」

　ゼーニアがパチリと指を鳴らした瞬間、オリビアの目の前には見たこともない荒野が広がっている。ゼットもよく使っていた瞬間移動なので今さら驚くこともない。

「ドウダ？　ココナラ深淵人ノ戦闘能力ヲ存分ニ活カセルハズダ」

　ゼーニアの言葉を一顧だにせず、腰を深く落としながら漆黒の剣を脇に構えた。

（俊足術。――飛影ッ!!）

　耳を切り裂くような風切音がオリビアの体を通り抜けていく。瞬きする間もなくゼーニアの背後に回ると同時に一閃するも、ゼーニアは振り返ることなく手にした大鎌で攻撃を難なく防いでみせる。オリビアは構うことなく嵐のごとき連撃を全方位から浴びせるが、ゼーニアは一歩たりとも動くことなく、全ての攻撃は弾き返されてしまう。

（ならばッ！）

　太ももに力を籠めて上空へ疾駆する。剣の切っ先に〝魔素〟を集束させて拳大ほどの光玉を作り出したオリビアは、体を縦に高速回転させながら光玉ごとゼーニアの大鎌に叩きつけた。一条の閃光が走り、衝撃音と爆風が荒野に吹き荒れる。

すかさず距離を取って様子を窺うオリビアの目が、何事もなかったかのように大鎌を担ぐゼーニアの姿を捉えた。

(やっぱりこの程度じゃダメか……)

再び漆黒の剣を構えるオリビアに向けて、ゼーニアは大げさに手を叩いて見せた。

「深淵人タルゼットノ玩具ヨ。ドウシテ中々ヤルデハナイカ。マサカ魔術マデ使エルトハ思ワナカッタゾ。奴ガ教エタノダナ?」

「魔術だけじゃないもん。ほかにもいっぱい、いっぱい、いーっぱい! ゼットはわたしに教えてくれたんだから」

オリビアは胸を張ってそう答えた。ゼットから教わったことその全てが宝物だ。

「コノ世界ニハ魔法トイウ魔術ノ出来損ナイガ伝ワルノミデ、魔術ヲ扱エル人間ハ存在シナイ。今ノオ前ヲ除イテダガ……シカシ奴メ。少々遊ビガ過ギヤシナイカ? 昔カラナニヲ考エテイルノカ解ラナイトコロガアルガ……」

ゼーニアはオリビアの存在を忘れたかのように呟いている。オリビアは構うことなく俊足術〝飛影〟を繰り出す。同時に〝魔言〟を唇に乗せながら指先に集束させた高密度の魔素を漆黒の剣に滑らせれば、刀身から記号のごとき文字が浮かび上がってくる。

漆黒の剣が眩い光を放ち始める中、オリビアは再び全方位からの斬撃を浴びせるも、やはりゼーニアは一歩たりとも動くことなく、全ての攻撃を大鎌で防ぎ切ってしまう。

だが、最後に放った空からの一撃で大鎌が地面まで下がったのを見た刹那、オリビアは体を横に高速回転させながらつま先に魔素を集束させ、ゼーニアの後頭部を思い切り蹴り抜いた。直後雷光が走り、轟音と共にゼーニアの全身を稲妻が貫く。

「はあ、はあ、はあ……」

着地と同時に飛び退き、乱れた呼吸を整える。周辺を覆っていた土煙が風に流れ、次第に視界が開けていくと……。

「――ククク ッ。〝太陽剣〟ニ〝雷絶掌〟カ。タカガ〝第三号〟ノ分際デヨクモソコマデ魔術ヲ使イコナセルヨウニナッタモノダ。――ソレデ次ハ〝水天牙〟カ？　ソレトモ〝風創竜〟カ？　セッカク与エテヤッタ機会ダ。遠慮スルコトハナイゾ」

ゼーニアに怯んだ様子は皆無で、楽しそうにオリビアを挑発してくる。

オリビアから見たゼーニアの動きは洗練から程遠い位置にいる。防御にかなり粗が目立つし、それなりに隙もある。ゼットと比べたら雲泥の差だ。

それでも。

オリビアは漆黒の剣を強く握りしめる。

ゼーニアには勝てない――――と。

Ⅶ

空を覆っていた雲は彼方へ消え去り、銀月が荒野を妖しく彩り始める。

オリビアが次なる攻撃の手を決めかねていると、

「ドウシタ若キ深淵人。来ナイノカ？」

「…………」

「ソウカ。デハコチラカラ行ッテヤロウ」

いよいよ足を踏み出したゼーニアは、体の動きを確かめるかのように得物である大鎌を二度三度と振るう。

初めて攻撃する意思を見せるゼーニアに対し、オリビアは防御系魔術〝防郭楼〟をその身に纏う。全身は虹色の光に包まれた。

「ホホウ！　ソノ身ニ高位ノ防御魔術ヲ施シタカ。ナラバ多少遊ンデモ構ウマイ。奴ノ言葉ヲ借リルナラ〝観察〟トイウトコロダナ」

「観察……」

「アア、ソウ案ズルナ。我ラ〝次元渡航者〟ハ、糧デアル人間ヲ自ラ死ニ至ラシメテハナラナイトノ掟ガ定メラレテイル。――何事モ例外ハアルガナ」

ゼーニアの言葉が終わるか終わらないかのうちに、今までに感じたことのない吐き気を催す悪寒がオリビアの体を襲う。

　オリビアは俊足術〝飛影〟を発動してゼーニアから距離を取るも、駆けた先で当然のように待ち構えていたゼーニアが、不吉な音を奏でながら大鎌を横一閃に振るってくる。

　咄嗟に漆黒の剣を盾にして攻撃を防ぐも、衝撃を一切殺すことができずに吹き飛ばされたオリビアは、背後にそびえ立つ巨大な岩に激しく体を叩きつけられた。

「カハッ！」

　痛みが全身を激しく貫く。〝防郭楼〟がまるで意味をなしていなかった。口から流れ落ちる血を拭う暇もなく目の前に現れたゼーニアに対し、オリビアは左手をかざして烈火弾を矢継ぎ早に放つも、その全てはゼーニアの体を通り抜けてしまう。

（残像⁉）

　刹那、左から無造作に放たれる足刀を僅差で躱す。オリビアの代わりに犠牲となった巨大な岩は、耳をつんざく音を立てて爆散した。

「はあ、はあ、はあ……」

「下等ト言エドモソコハ深淵人ダナ。中々ノ動キヲ見セテクレル。ナラバモウ少シ観察シテモ問題ナイカ」

　ゼーニアはふわりと垂直に上昇を始めた。鞘に漆黒の剣を素早く納めたオリビアは、両手をパンと合わせてオドを引き延ばす要領で銀色に輝く弓を具現化し、魔術で作りし光の矢を連続で放つ。

　程なくしてゼーニアの周囲を百を超える光の矢が取り囲むも、ゼーニアに動じた様子は見られない。オリビアが横に手を振りながら指を弾けば、光の矢はゼーニアに向けて殺到する。

　空中に爆発音が途切れなく響き、ゼーニアを中心に稲妻が四方八方に乱れ飛ぶ。そして、世界は白い閃光で満たされた――。

（はあ、はあ、はあ、はあ……さすがに少しはダメージを与えたはず）

　爆発の衝撃波で大地までが激しく震える中、オリビアは油断することなく白煙から解放された空を眺めていると……。

「極星(きよくせい)・天光弓(てんこうきゆう)カ……。デハコチラノ番ダナ」

　ゼーニアが何事もなかったかのように大鎌を振り上げれば、オリビアの周囲に無数の大鎌が顕現する。

「ッ――!?」

　先程のお返しとばかりに降り注ぐ大鎌を、オリビアは俊足術〝飛影〟を駆使しながら漆黒の剣で弾き返していく。だが、大鎌は尽きることなくオリビアをあざ笑うかのように次から次へと顕現(けんげん)してくる。

　いつ果てるとも知れない猛攻に、いよいよ俊足術の維持ができなくなってくると、背後に顕現した大鎌がオリビアを無慈悲に襲った。

「グッ！」

〝防郭楼〟ごと背中を切り裂かれたオリビアは、たまらず地面に片膝をついた。ゼーニアは音もなく地面に降り立って言う。

「思ッテイタヨリハ楽シマセテクレタガ、ヤハリ深淵人トイッテモコノアタリガ限界トイッタ――ン？」

突然ゼーニアは視線を空に向ける。この動作を隙と捉え、体をふらつかせながらも立ち上がったオリビアが、ともかくも攻撃を仕掛けようとしたそのとき、

――一旦コノ場カラ引ケ。

「!?」

――私ノ声ガ聞コエナイノカ？

「ゼットッ!!」

傷の痛みも忘れてオリビアは叫んだ。ずっとずっと聞きたかった、無機質な奥にある安らぎに満ちた温かい声。聞こえないはずがない。

「今ノママデハ勝テナイコトハ骨身ニ染ミテ理解シタハズダ」

「デモ……」

「ココカラ南ニ進ンダ先ニ湖ガアル。ソコデ待ツ」

「……ウン、ワカッタ」

「コノ気配ハゼットカ。貴様一体ドウイウツモリダ。色々問イ質サネバナラヌコトガアル。姿ヲ見セイ！」

もはやオリビアのことなど歯牙にもかけない態度で、ゼーニアは姿の見えないゼットに向かって呼びかけるが、ゼットが応える様子は全くない。

オリビアは最後の力を振り絞って俊足術を発動する。ゼーニアに追われることもなく荒野を後にしたオリビアは、はやる気持ちでゼットが待つという湖に向かった。

岩に囲まれた湖を視界に捉えた頃には息も絶え絶えだったオリビアだが、それでもゼットの名を連呼すると、目の前の景色に無数の亀裂が走り、ガラスが砕け散るような音と共に黒い影が姿を現す。

「ゼットッ!!」

オリビアはゼットの胸に勢いよく飛び込んだ。ゼットに纏う黒い靄がオリビアを慈しむかのように包み込んでくる。同時に懐かしい匂いを感じた。

「見ナイ間ニ大分人間ラシクナッタナ」

瞳からとめどなく流れ落ちる涙をそっと拭ってくるゼットに向けて、オリビアは白い歯を見せて答えた。

「わたしは最初から人間だよ」

「……ソウダナ」

「――あれ？　ゼット、左腕はどうしたの？」

視界になんだか違和感を覚えたオリビアが視線を右にずらすと、ゼットの左腕が無くなっていることに気が付いた。

ゼットはオリビアの質問には答えずに話を続けていく。

「シカシ手酷クヤラレタナ。当然ト言エバ当然ダガ」

「うん。ゼーニアには手も足もでなかった。全然倒せる気がしない。……あいつはゼットの仲間なの？」

「……今ハ、違ウナ」

ゼットが否定の言葉を口にしたことで、オリビアはなんとなく安心した。

「今ノママデハ何度挑モウト結果ハ変ワラナイ。ソレデモ奴ト渡リ合ウ気概ハ残サレテイルカ？」

オリビアは顔だけを上げて尋ねる。

「今のままでは……そういえばさっきもそんなことを言っていたよね。それってどういうことなの？」

たとえ体力を完全回復させて再び挑んだところで、ゼーニアに勝てる絵が全く思い浮かばない。ゼットが今言った通りだ。全力のオリビアに対し、ゼーニアは常に余裕を見せて戦っていた。オリビアとゼーニアの間には、決して埋めることができないほどの差があったのだ。

「……フム。ドウヤラ折レテハイナイヨウダナ」

「え？　大分やられたけど骨も剣も折れていないよ？」

「……ソウイウトコロハマダマダダナ」

はっきりとわかる苦笑いをゼットは浮かべてオリビアの頭を撫でてくる。オリビアは瞳を閉じて久しぶりの感触を堪能した。

ひとしきり頭を撫でたゼットは右手に大鎌を顕現させる。

「デハコレヨリ訓練ヲ行ウ」

「え？　訓練？」

ゼットがこの状況で訓練の言葉を口にするとは思っていなかったので、オリビアは単純に驚いた。それでも懐かしい響きに違いはなかったが。

「今は無理だよ。実は結構立っているのもやっとなんだ」

たははと笑うオリビアに向かって、ゼットが無言のうちに手をかざす。瞬間、オリビアの体は優しい光に包まれた。

「なにをしたの？」

「コレデ傷モ体力モ元ニ戻ッタハズダ」

「え?……あれ? 体が……!?」

あれほど酷かった体の痛みが嘘のように消えているばかりか、体力も元に戻っている。背中に手を伸ばしてみれば、大鎌によって斬られた傷もなくなっていた。ボロボロだった鎧も今では新品のように輝いている。

壊れた物を直す魔術はオリビアも見たことがある。だから鎧が直るのは理解できる。だけど傷を瞬時に癒したばかりか、体力まで完全回復させる魔術なんて一度も見たことがない。それだけにオリビアは大いに興奮した。

「ゼットは傷も簡単に治せるし、体力まで元通りにできるんだね!」

「ナニカ勘違イシテイルヨウダカラ言ッテオクガ、我ニ傷ヲ治スコトナドデキハシナイ。体力ノコトモ一緒ダ」

「え? でも傷は綺麗に消えているし、体力だってほら、この通りだよ」

オリビアが腕に力こぶを作って見せれば、

「オ前ノ時ヲゼーニアト戦ウ直前ニマデ巻キ戻シタ」

「時を巻き戻す……そんな魔術もゼットは使えるの!?」

「僅カナ時間デハアルガナ」

ゼットはなんでもないように言う。ゼットの凄さが自分のことのように誇らしくて、オリビアは体を灰兎のように跳ねさせた。

「ソンナコトヨリ訓練ヲ始メルゾ」

「え？　本当に今から訓練するの？」

「訓練ヲ終了スルト告ゲタ覚エハナイ」

「そ、そうだね」

　何も告げずにオリビアの前から姿を消したゼットだけれども、言われてみれば確かに教育も訓練も終了したとは言っていない。

「早ク剣ヲ抜ケ」

　オリビアは言われるがまま、慌てて漆黒の剣を引き抜いた。

「今カラ教エル剣技ヲ習得スレバ、ゼーニアニ勝利スル道筋モ見エテクル」

「それってほんと？」

　ゼットの言葉をオリビアは素直に受け止めることができなかった。それほどまでにゼーニアの力は圧倒的なのだ。

「私ガ嘘ヲ言ッタコトガアッタカ？」

　オリビアは「一回もない」と、首をブンブン横に振った。

　ゼットは言う。

「今カラ授ケル剣技ハオドヲ激シク消費スル。オドヲ大量ニ宿スオ前トテ、三分持テバ上出来トイッタトコロダ。シカモ、緻密ノ極限トモイエルオドノ操作ガ要求サレル。少シデモ運用ヲ誤レバ即命ヲ落トス代物ダ。ダカラ、今回ニ限リ拒否スルコトモ認メテヤル」

　ゼットの言葉に一切の誇張がないのは重々理解している。少しでもオドの運用を誤れば本当に自分は死ぬのだろう。

　オリビアはそっと瞳を閉じる。

　冥界の門を出てからの二年間で、オリビアは両手に抱えきれないくらい大事なものができた。人間を虫けらのように言うゼーニアは、オリビアの大事をことごとく破壊する存在だと心が警鐘を鳴らしている。

　だから、なんの迷いもなくオリビアは微笑みと共に答えを口にした。

「ゼット、わたしにその剣技を教えて」

「……人間ハ守ルベキモノガデキタトキ、能力以上ノ力ヲ見セル不思議ナ存在。ダカラ観察ノシ甲斐モアル。――コレヨリ訓練ノ最終段階ニ入ル。剣ヲ構エロ」

　片手で大鎌を振り回すゼットからは、ゼーニアから感じた以上の激烈な圧と不気味さを感じ、オリビアの全身は粟立った。

「コノ訓練ヲ乗リ越エ、死スラ喰ラウ剣技ヲ見事会得シテミセロ」

　オリビアは腰を中段に落とし、柄の先端に掌をあてがいながら剣を水平に構える。

大鎌を突き出すゼットに対し、オリビアは俊足術〝飛影〟を発動させた――――。

（なんだか外が騒がしい……）

アシュトンが寝惚け眼(ねぼけまなこ)でベッドから半身を起こすのと、従者であるラキが血相を変えて部屋になだれ込むように入ってきたのが同時だった。

壁にかけてある時計に目を凝らせば、針は深黎(しんれい)の刻を指し示している。

（まだ夜明け前じゃないか……）

頭をポリポリと掻(か)くアシュトンに向かって、ラキは悲痛な声を上げた。

「帝国軍の夜襲です！」

未(いま)だ覚醒していないアシュトンの両肩をラキは乱暴に揺さぶってくる。その度にアシュトンの頭は上に下へと傾いた。

「寝惚けている場合じゃないです！　目を覚ましてください！」

「わかっている。わかっているさ。帝国軍の夜襲だろ……帝国軍の夜襲だってッ!?」

事の重大さにはっきり目が覚めるも、頭の中はラキの言葉を整理しきれていなかった。

それでも咄嗟(とっさ)に脳裏を掠(かす)めたのは、蒼(あお)の騎士団を率いるフェリックスが攻めて来たということだが、よくよく考えてみれば一時的とはいえ、フェリックスとオリビアの間で休戦協定が結ばれている。

フェリックスの人となりを詳しく知っているわけではないが、それでもオリビアとの会話を聞いていた限り、約束を簡単に破るような人物には見えなかった。しかも、今の混沌とした状況を鑑みれば、こちらに構っている余裕があるとも思えない。

（ここは別の帝国軍が動いたと見るのが妥当か……）

アシュトンは自分に喰らいつきそうな勢いのラキに尋ねる。

「しかしなんでこんなときに帝国軍が？」

「そんなことはこっちが聞きたいくらいです！　それよりも早く脱出の用意を！　帝国軍の狙いはアシュトン中佐、あなたです！」

「僕を？　なんで？」

自分でもわかるくらいには間抜けな声で尋ねてしまった。帝国軍にとって獅子身中の虫であるオリビアなら理解もできる。なぜ自分が狙われるのかと首を傾げるアシュトンへ、ラキは必死の形相でまくし立ててくる。

「帝国軍がアシュトン中佐の頭脳を厄介だと判断したからに決まっているでしょう！　現に砦に侵入した帝国兵がアシュトン中佐を探しています！　だから急いでください！」

「侵入を許したのか⁉」

ラキは常に背後を気にしながら、

「帝国軍の軍勢はざっと見ても二万は超えています！」

「二万⁉……はは。冗談じゃない」

　前回の戦いで砦は半壊しているため、はっきりいって防御力はなきに等しい。それでも警戒は怠らないように厳命はしていたものの、守備兵は僅かに五百人余り。五百と二万では話にもならなかった。

「アシュトン中佐！」

　急かす声に、アシュトンは慌ててベッドから抜け出して軍服に袖を通す。ベッドの壁に立てかけてある形ばかりの剣を携えると、廊下の様子を探っていたラキが手招きしてくる。いざ廊下に出てみれば、遠くのほうで飛び交う怒号が耳に届いた。

　ここでようやくアシュトンにも現実感が伴い、ジャイル、エリス、エヴァンシンのことが脳裏をよぎる。

「みんなは？」

「少しでも脱出の時間を稼ぐため迎撃に出ています。なるべく足音を立てずに走ってください」

　無茶を言うと思いながらも黙ってラキの後に続く。ようやく闇に目が慣れてきた頃、ラキが剣を持っていないことにアシュトンは気づいた。

「剣はどうした？」

「剣？　そんなの持っていたって邪魔なだけですよ」

吐き捨てるように言うラキの言葉には、それなりの説得力があった。なにせラキはアシュトン以上に剣が使えない。それでもないよりは断然マシだ。

「僕の剣を使え」

「必要ありません。大体ご自身の身を守るものを従者に渡してどうするんです」

ラキの言い分はもっともだが、だからといって彼を丸腰のままにさせておくわけにはいかない。アシュトンは腰のナイフをこれ見よがしに叩(たた)いて見せた。

「いざとなればこれがあるから大丈夫だ」

「そんなものでは役に立ちませんよ」

「そうでもないさ。僕はこれで魔獣ノルフェスと戦おうとしたこともある」

言いながら、今から考えれば随分無謀だったなとアシュトンは思う。ステイシアが呆(あき)れていたのも無理はない。

「魔獣ノルフェス？　そんな冗談今はいいですから。そんなことより絶対に私から離れないでくださいね」

声こそ潜ませているも、ラキは有無を言わせぬ雰囲気を醸し出してくる。アシュトンもそれほど余裕があるわけではないので、ラキの説得を早々に諦めざるを得なかった。

薄暗い廊下を走りながら窓の外を見れば、多数の帝国兵に攻撃を受けている味方が目に映る。否が応でも状況が切迫していることを告げていた。

「ちっ！」

前を走るラキが突然舌打ちをする。視線を元に戻せば、漆黒の鎧を身に着けた女が剣を片手に廊下の曲がり角から現れるのを目にした。

（王国軍で漆黒の鎧を身に着けているのはオリビアただひとり。つまり……）

こちらに気づいた女の唇が上弦の月を象る。幽鬼のような不気味な姿に、アシュトンは全身が総毛立つような恐怖感に襲われた。

「しばしこちらでお待ちを」

そう言い残し、ラキは女に向かって一直線に走る。女は愉悦に満ちたような表情で剣を威容に振り上げれば、ラキは怯むどころかさらに走りを加速させた。女とは思えない豪速で振り下ろされた剣を、しかし、ラキは当然のように躱して見せる。

「避けた!?」

奇しくもアシュトンは、女と同じ言葉を叫んでいた。ラキはしなやかな動きで女の背後に回り込むと、後ろ襟を掴みながら膝裏に蹴りを放ち、女を後ろへ引きずり倒す。

「い――!?」

ラキは悲鳴を上げようとした女の口を即座に左手で塞ぎ、そのまま馬乗りになりながら右手を女の頭部に置いたかと思えば、独楽を回すような仕草で両腕を勢いよく引いた。

鉛色の旋律が暗闇に奏でられ、女の首はあり得ない方向に傾く。だらしなく舌を出す女の姿を見て、対象が確実に沈黙したのをアシュトンは悟った。

「武器もなしに……ラキってそんなに強かったの？」

美味しい紅茶を淹れるだけが得意だと思っていた。彼を知る者がこの場にいれば、驚愕の表情を浮かべるに違いない。美しさすら感じさせた一連の動きが、一朝一夕で得られる類のものでないということは、武に疎いアシュトンでもわかる。

（そうか。だからリフル特佐はあのときあんな態度を……）

アシュトンはようやくリフルの言葉の意味を理解した。きっとリフルはラキが只者ではないことを察したのだろう。同時に間者の疑いを抱いたからこそ、リフルはラキのことを根掘り葉掘り聞いてきたのだ。

（そして、オリビアも当然のようにラキの本性に気づいていた）

自分に危害がないと判断したからこそなにも告げなかったと考えれば納得できる。

そのラキはというと、素早く周辺に目を配りながら言う。

「俺を第八軍に送り込んだ姉さんと比べれば、俺ができることなんて些細なことです」

「ラキを第八軍に送り込んだ？　君の姉さんが？」

「ええ。アシュトン中佐もよく知っている人です」

「え？　僕がよく知っている人なの？　誰？」

「そんなことより早く行きましょう。俺が考えていた以上に敵は砦に入り込んでいるみたいです」

「あ、そ、そうだね」

敵に気取られるのはまずいと女の死体を物陰に隠して再び廊下を駆ける。四つ目の廊下の角が見えてきたところでラキが静止を促してきた。

弾む息を殺して壁から覗(のぞ)き見た先では、漆黒の鎧を纏(まと)う部隊長らしき帝国兵が、同じく漆黒の鎧を纏う兵士たちになにやら指示を出している。

首を引っ込めたアシュトンは苦々しい表情のラキに、

「余程僕を殺したいのかな？」

おどけて言えば、ラキが今までに見たことがない陰湿な目を向けてくる。無手で相手を制した手腕をこの目で見ているだけに、アシュトンは思わず首を竦(すく)めた。

「冗談を言っている場合じゃないですよ」

「悪かった。でも今度は五人もいる。あの廊下を抜けないと駄目なのか？」

普段なら当然のように砦の見取り図を確認しておくアシュトンなのだが、今回は滞在しても数日のことだと思い放置したことが裏目に出てしまった。

「残念ですが目立つ出入口はすでに抑えられています。ここはまだ手が回っていないと思ったのですが、どうやら俺の認識が甘かったようです」

「もしかしてラキは砦の見取り図が頭に入っているのか？」

「もちろん。想定外の事態に対処するのが俺の任務ですから……」

「任務……君の姉さんを僕は本当に知っているの？」

ラキの姉なら年齢的には自分とそれほど離れているとも思えない。ラキの話が事実なら軍とも通じていなければおかしい。そんな知り合いをアシュトンは寡聞にして知らなかった。

「ここを切り抜けることができたら改めてお話しします。ここは俺が囮になって奴らの注意を引きます。アシュトン中佐は隙を見て先に進んでください。あの廊下を抜ければ出口までほんの僅かの距離です」

「それだとラキが危険にさらされる」

「俺のことはお気遣いなく。アシュトン中佐は無事にここを脱出することだけを考えてください。こう言ってはなんですが、ひとりならどうとでもなりますから」

言って不敵を顔に滲ますラキは、すでにアシュトンの知っているラキではない。アシュトンは気圧されるように頷いた。

「では俺が敵を誘導するまでそこの柱に隠れていてください」

「あ、ああ」

言われたとおりに柱に身を寄せるアシュトン。ラキは己の感覚を確かめるように指の骨を一本ずつ鳴らしていく。

　そこからは一瞬の出来事だった。餓狼のように疾駆し帝国兵士たちの懐に飛び込んだラキは、もっとも手前にいた帝国兵の手のひらを素早く摑み、地に向けて捻れば、帝国兵士は捻られた方向に体を傾かせて片膝をついた。頭が下がったところに強烈な膝蹴りが入り、顔面を潰された帝国兵士は吹き飛んだ数本の歯と共に床に突っ伏す。

　唖然とする帝国兵に対してラキの動きが止まることはなく、二人目の側頭部に向けて正確無比な回し蹴りが炸裂する。吹き飛ばされ壁に頭をしたたか打ち付けた帝国兵は、そのまま壁にもたれかかるようにして崩れ落ちた。

　ここでラキは踵を返し、反対側の廊下に向けて駆け始めた。数秒の間が開いた後、怒号をまき散らしながら残りの帝国兵たちがラキを追いかけていく。

　柱からそっと出たアシュトンが倒れている帝国兵に恐る恐る近づいてみれば、まだ微かに息はあるものの、それも時間の問題だと思われた。

（こんな真似を一瞬にしてやってのける。本当に何者なんだ？）

　疑問が尽きることはない。それでも身を挺して帝国兵の注意を引き付けてくれたラキのためにも、アシュトンは先を急ぐことにした。

§

出口らしき扉を前にして完全に油断していたアシュトンは、まんまと新たな帝国兵に補捉されてしまった。

（本当に僕は度し難い！）

どす黒い殺気を放ちながら追いかけてくる帝国兵に対し、アシュトンに選択肢などない。ただひたすら逃げ続けることに徹するのみだ。

（ラキのおかげでようやくここまでこられたっていうのに！）

元々体力にそれほど自信があるわけではない。鍛え抜かれた帝国兵の足はアシュトンとの距離の差を着実に縮めていく。

（もう……ここまで、か……）

今や息を吸っているのか吐いているのかすらもわからない。足はもつれにもつれ、倒れかけたまさにその瞬間、不意に伸びてくる手に腕を強く引っ張られ、アシュトンは薄暗い部屋へと引きずり込まれた。

床に投げ出されたアシュトンが、わけもわからないまま振り返ると、

「ジャイル!?」

「なにをもたもたしている！　さっさと後ろの扉から逃げろ！」

素早く弓を構えたジャイルは、部屋になだれ込む帝国兵に矢を射かけていく。アシュトンを追いかけていた三人の帝国兵は、正確に胸を貫かれて漏れなく絶命した。

「ならジャイルも――」

「この期に及んでなにを眠いこと言ってやがる！　いいからさっさと行け！」

「でも……」

「はぁ……。あのな。お前に心配されるほど俺は弱かねぇんだよ」

ジャイルは矢を素早く回収しながら呆れたように言う。

「それは知っている」

「なら行けよ」

「だけど！」

なおも食い下がるアシュトンにジャイルはへらと笑い、

「お前ひとりくらい守ってやるって約束しただろ？」

先へと続く扉を蹴り破ったジャイルは、アシュトンの背中を強引に押した。

「ジャイル！」

「行けよッ!!」

有無を言わせぬジャイルの怒声が部屋中に鳴り響いた。

「……わかった。だけど必ず追いかけて来いよ」

そう告げるアシュトンへ、ジャイルが背中越しに手をひらひらさせる。ジャイルをしばし見つめたアシュトンは、後ろ髪を引かれる思いで前へと駆けた――。

「ようやく行ったか……」

遠ざかるアシュトンの足音を聞きながら扉を閉めたジャイルは、淀んだ肺の空気を全て吐き出すように大きな息を吐いた。

「――ったく。これからはあいつの頭脳がより必要になるっていうのにまるでわかっちゃいねぇ。――俺はあの人の涙だけは見たくねぇんだよ……」

今も脇腹から滲み出てくる血を無視し、ジャイルは新たに姿を見せる帝国兵たちに向けて獰猛に笑って見せる。帝国兵たちは部屋に転がる同胞の死体を見て一様に足を止め、警戒するような素振りで尋ねてきた。

「奴はその先か？」

「それを俺が素直に教えると思うのか？」

「――なら素直になるよう仕向けるまでだ」

「やれるものならやってみろ！」

殺意に塗れた目がジャイルをこれでもかとばかりに射抜く。

（お前はなんとしてでも生き延びろよ……）

口の中に溜まった血を床に吐き捨て、ジャイルは再び矢を番えるのであった——。

ガタつく木製の扉を開けて外に出たアシュトンは、冬の冷気を纏う風に身をさらした。空は濃青に染まり、間もなく夜が明けるのを告げようとしていた。

（ジャイルは、ラキは、みんなは無事だろうか……）

改めて周囲を見渡せば、半壊した小屋が連なっている。どうやら今は打ち捨てられて久しい馬小屋の近くに出たらしいと、アシュトンは鉛のように重い足を動かす。

伸び切った草を掻き分けながら進んでいると、軽い衝撃と同時に体が左へ傾いた。それから間を置かずに右脇腹が熱と痛みに襲われる。

視線を痛みに移せば、醜悪な笑みを張り付けた女がアシュトンにもたれかかるようにして立っている。女の両手にはこれ見よがしにナイフが握られていた。

「あ……」

アシュトンは無意識に腰から引き抜いたナイフを女の首筋に向けて突き立てていた。女は醜悪な笑みを絶やすことなく、ナイフを握り締めたままその場にくずおれた。

（行かなきゃ……）

さらに重さを増した足を無理矢理動かして前へ進むも、すぐに足は主人の命令を受け付けなくなり、アシュトンは近くの木の幹に倒れ込むように座り込む。

刺された脇腹を手で圧迫してもなお溢れ出てくる血は、やがて地面を赤黒く染めていく。

その様子をアシュトンはどこか他人事のように冷めた目で見つめた。

(人間はこんなにも血が流れるんだな……それにしてもせっかくここまで逃がしてもらったのに、これじゃあみんなに顔向けできない)

空が白み始めるのと反比例するように、アシュトンの視界は闇に染まろうとしていた。

両親、クラウディア、そしてオリビアの無邪気な笑顔がともすれば消えそうになるアシュトンの心を仄かに彩る。

足元に咲く小さな白い花は、今や深紅にその姿を変えようとしていた。

(そういえば……オリビアは……意外にも花を愛でるのが……好きだった、な……)

現と幻の境界線が溶け合い、意識を曖昧なものにしていく。

アシュトンは残された力を振り絞り、深紅に染まった一輪の花を摘んだ。

「オリ……ビア……」

新たな朝を告げるべく、地平線から一条の光が大地を照らす。

握られていた花は手から滑り落ち、アシュトンの瞳は静かに閉じられた——。

あとがき

お久しぶりです。彩峰です。

死神に育てられたひとりの少女の物語は佳境に入り、いよいよ次巻にて無事完結を迎える運びとなりました。これもひとえにこれまで応援してくださった皆様のおかげです。本当にありがとうございました！

四月某日の現在はラストに向けて試行錯誤している状態です。７巻をお届けするのはしばらく先とはなりますが、最後までお付き合いのほどよろしくお願いいたします。

ここで恒例の謝辞を。

担当編集樋口様。原稿の提出が大分遅れたことを改めてお詫びします。次巻は余裕をもって提出できるようにしっかりスケジュールを組みたいと思います！

シエラ様。今回も素敵なイラストをありがとうございました！　美しさに磨きがかかるオリビアに脱帽するばかりです！

小説より一ヶ月早くコミカライズ最新作「死神に育てられた少女は漆黒の剣を胸に抱くⅢ」が絶賛発売中です。とても面白いのでこちらも是非是非お手に取ってみてください！

では次巻でまたお会いしましょう。

彩峰　舞人

作品のご感想、ファンレターをお待ちしています

あて先

〒141-0031
東京都品川区西五反田 7-9-5 SGテラス 5階
オーバーラップ文庫編集部
「彩峰舞人」先生係／「シエラ」先生係

死神に育てられた少女は漆黒の剣を胸に抱く Ⅵ

発　　行　2021年5月25日　初版第一刷発行

著　　者　彩峰舞人

発 行 者　永田勝治

発 行 所　株式会社オーバーラップ
〒141-0031　東京都品川区西五反田 7-9-5

校正・DTP　株式会社鷗来堂

印刷・製本　大日本印刷株式会社

Printed in Japan　ISBN 978-4-86554-890-7 C0193

オーバーラップ　カスタマーサポート
電話：03-6219-0850／受付時間 10:00～18:00（土日祝日をのぞく）